DIE KUNST
MIT EINEM HUMMER SPAZIEREN ZU GEHEN

Erster Band

METROLIT

»Ah, Monsieur Whimsy: der Mann hat Esprit!« – G. DEPARDIEU

DIE KUNST MIT EINEM HUMMER SPAZIEREN ZU GEHEN

Handbuch für den wahrhaftigen Dandy

Erster Band

Ein Füllhorn ausgewählter
ESSAYS, PHILOSOPHISCHER SCHAUBILDER,
LYRISCHER ERGÜSSE und anderer arkadischer
Narreteien, ausgeschüttet über dies trübe Tal der Tränen, vordem
auch bekannt als das MODERNE LEBEN, um die
Kunst außergewöhnlicher Lebensführung sowie altehrwürdigen
Charme wieder erstehen zu lassen.

Niedergeschrieben und gestaltet von

LORD BREAULOVE SWELLS WHIMSY

Aus dem Amerikanischen von Katharina von Savigny

Es steht einem jungen Mann nicht an, Maximen zu äußern.
ARISTOTELES

Ups.
LORD WHIMSY

Dies Buch widme ich ihr,
die meinem Hephaistos die Aphrodite gibt, meiner geliebten
Frau und Freundin, Lady Pinkwater

INHALT

in dem man Erleuchtung
finden und die Segnungen der Fantasie erfahren wird

VORWORT EINES MANNES MIT EINER
AUSGEPRÄGTEN NEIGUNG ZU SICH SELBST *11*

LORD WHIMSY – EINE EINFÜHRUNG *14*

Des Buches ersther Theil
Sinnsprüche, Traktate und freche Verse

WIMSEY VS. WHIMSY *17*
ÜBER DEN DANDY *20*
DIE WHIMSY'SCHE BOHEMIEN-DANDY-SKALA *23*
DANDYTUM VS. STUTZERTUM *26*
DAS DANDY-HYBRID *28*
DER BAUM DES WERDENS *31*
DIE FREUDEN DER SCHMETTERLINGSKUNDE *34*
GEH ZUM HERRENAUSSTATTER, GEH *36*
OVERDRESS! *39*
WIE MAN EIN LEBEMANN WIRD *41*
DES MANNES KEHLLAPPEN, IN AMT UND WÜRDEN *46*
ENG UND HOCH *51*
DAS HANDGELENK MIT EINBLICK *54*
SEIDE AM NIPPEL *57*
DAS GRÜNENDE REVERS *62*
IM MANNESALTER ANGEKOMMEN *69*
DIE SCHLINGEN DES SCHWERENÖTERS *72*
ÜBER DIE TÜCKEN DER SPORTBEKLEIDUNG *74*
DAS ANKLEIDERITUAL *79*
ÜBER TOLERANZBEREICHE IN DER GARDEROBE *82*
AN EINE NICHT-MAUS *86*
DER AUGENBLICK DER WAHRHEIT ODER: WIE MAN SEIN
GEHÄNGE RICHTIG EINORDNET *87*
DER EIGENSINNIGE KNÖCHEL *90*
VAGABUNDENÄSTHETIK *91*
ÜBER SOMMERLICHE VERGNÜGUNGEN *97*

WIE MAN EIN HOCHRAD FÄHRT *99*
IM AUGE DES RÄUDIGEN KATERS *104*
WIE IN EINER ROSTIGEN SCHAMKAPSEL *107*
OH, SÜSSE ERLEICHTERUNG! *108*
DIE STERBENDE MARMOTTE *114*
DER HERMETISCHE ORDEN DER BAGATELLE *115*

Des Buches zweither Theil
Metaphysische Glossen

DER VOLLKOMMENE HEURISTOKRAT *121*
IM UNBEWEGLICHEN BEWEGLICH *125*
KITZELANTENTUM *126*
DER MARMORNE FAUN *129*
DIE ANORDNUNG DER SYNAPSEN BEIM KITZELANTEN *130*
ÜBER DAS MERKWÜRDIGE LEBEN *132*
ÜBER DEN VERWÄSSERTEN UND
DEN KONZENTRIERTEN SEINSZUSTAND *135*
DAS EINECK *139*
KONTINUITÄT VS. NOSTALGIE *142*
MEIN LIEB' VERSCHMÄHT DEN YAM *146*
CAMP VS. ÄSTHETIZISMUS *147*
ÜBER DAS DIAPHANE *152*
METROSEXUELLE: DIE NEUEN DANDYS? *157*
DER RETROSEXUELLE *162*
DANDYTUM UND GESCHLECHT *169*
NEWSBOX, ADE! EINE GRABREDE *173*

Des Buches dritter Theil
Anekdoten und Vignetten

EIN SEHR KURZER VOGELZUG *176*
DAS ZEITALTER DER KNOSPUNG *181*
LUCY ZU EHREN *185*
KAPSTADTS VERGESSENES MUSEUM *186*
ACTIAS LUNA *189*
DER CHARME VON AQUARIEN *191*
HYLA ANDERSONII *195*
GRÜN, DIE GÖTTLICHE FARBE *200*

Früher hielt man den Weichling zu Unrecht für einen Gentleman; heute hält man den Gentleman zu Unrecht für einen Weichling. Welch ein Jammer.

LORD WHIMSY

VORWORT

eines Mannes mit einer ausgeprägten Neigung zu sich selbst

Seid in aller Bescheidenheit gegrüßt, werte Leser; für die Gunst eurer Neugier gebührt euch mein inbrünstiger Dank. Mit derselben Inbrunst will ich hoffen, dass dieses Schriftstück euch mit heilen Gelenken und in guter Verfassung vorfindet.

Dieser blassgrüne Band mag, wie ich mir unschwer vorstellen kann, beim ersten Eindruck verwirren, ja irritieren; aber ich versichere, dass er bei näherer Bekanntschaft seine guten Seiten zeigen wird. Der geneigte Leser möge mir gestatten, ihm einen Rahmen für das Gemälde an die Hand zu geben, das vor seinem inneren Auge entstehen wird, wenn er sich in dies Büchlein vertieft.

Es ist *per se* keine Geschichte, sondern vielmehr eine Sammlung von Fragmenten, die zusammen das Kunstwerk eines gelebten Lebens ergeben: eine Art persönlicher Folklore, wenn ihr so wollt. Und wie alle Folklore hat sie ihre Wurzeln in der Wirklichkeit: Ich züchte in der Tat Motten, fotografiere Orchideen und fahre auf meinem Hochrad durch das ländliche Städtchen, in dem ich lebe. Kurz, dies Buch besteht aus den Ansichten und Spleens, die mein Alltagsleben und das meiner geliebten Lady Pinkwater mit sich bringt (Lady Pinkwater lebt seit vielen Jahren an meiner Seite). Wir sind Künstler von Beruf und aus Überzeugung, da unsereiner für das bürgerliche Dasein ungeeignet scheint, und leben nach unserem eigenen Rhythmus – wir lesen, schreiben und malen oft bis tief in die Nacht. Unser bescheidenes Heim und den beschaulichen Garten teilen wir mit einer Vielzahl von Geschöpfen: Fische in der Küche, Frösche auf den Bäumen, Katzen und Beutelratten auf der Veranda, Kolibris im Garten, eine Entenschar, die auf dem Rasen logiert, und eine fleischfressende Hängepflanze namens Leonard, die von der Dachtraufe unseres Windfangs baumelt (bedauerlicherweise wird unser Leben nicht durch Ameisenbären bereichert). In diesem auch von uns bevölkerten Taubenschlag werden Wachteleier pochiert, Bücher als Möbel missbraucht, und das Hochrad lehnt am Kuriositätenkabinett; und dennoch, dem leisen Chaos zum Trotz, harren die Anzüge im Schrank frisch gebügelt ihrer Nutzung. Von diesem kühnen Vorposten der Eleganz hisst dieses Handbuch eines affektierten Provinzpoeten seine Flagge.

Wie meinen? – wird der geneigte Leser fragen. Nun, ich bin diesem Terminus in einem Aufsatz begegnet, wo er als verbaler Ellenbogenstoß gegen die gemeint war, die abseits dessen wandeln, was mancher als »rechten Weg« bezeichnen würde. Daraufhin beschloss ich, den ursprünglich abschätzigen Begriff zu vereinnahmen, weil er all die Interessen und Liebhabereien einzuschließen schien, welche die Seele dieses Buches ausmachen: Naturstudien und Poesie, Dandytum, Ästhetik und Kunst, Geschichte und Volkskunde und natürlich sorgsam gesponnene Eulenspiegeleien. Tief in dieser süßen, klebrigen Kugel aus Frohsinn und Schönheit steckt ein zäher, nahrhafter Kern namens Provinzpoet: ein schlafloser Autodidakt, der sich in den intellektuellen Randbezirken herumtreibt, sich mit allem und nichts befasst – meist versteht er nicht viel von dem, was er da tut, aber manchmal stolpert er über etwas, was weniger vorurteilsfreie Denker gar nicht erst entdecken oder weit von sich weisen würden. Ich habe dieses Buch im Geiste eines Amateurs und Gentleman geschrieben: mit einer großherzigen Feinnervigkeit, die den kultiviert-verspielten Autodidakten hochleben lässt.

Aber natürlich erklingen nicht nur Zimbeln und Lauten für Menschen unserer Art; auch ich, werte Leser, seid dessen gewiss, habe die kleinlichen Erniedrigungen und Banalitäten ertragen müssen, die ihr täglich erduldet. Bei Lichte betrachtet, existiert dieses Buch, ja, mein jetziger Lebensentwurf nur wegen dieser Missvergnügen. Ich bin bestrebt, so frei und schön zu leben, wie es meine bescheidenen Umstände erlauben; und ich will euch teilhaben lassen an den Kleinigkeiten, welche den groben Alltag zu überwinden helfen, auf dass wir nicht selbst der Grobheit anheim fallen. Auf die Gefahr hin, dass ich affektiert oder pompös klinge (am besten gewöhnt sich der Leser schon jetzt an das verbale Klima dieses Buches): Man kann die folgenden Seiten auch als Ode an all das verstehen, was mir am Herzen liegt – vieles davon ist schmerzlich im Schwinden. Und so halte ich es für unabdingbar, dass wir für uns Mittel und Wege finden, auch den prosaischsten Situationen noch einen Zauber zu entlocken; wir dürfen an der Vision einer freudigeren, edleren Welt nicht verzweifeln. Auch wenn nicht jedermann ein Leben im bukolischen Überschwang anstrebt oder sich gar wird erfüllen können, so ist es doch meine eitle Hoffnung, dass sich in diesem ausschweifenden Bändchen etwas finden möge, was am Ende des Lesers Glück – oder aber, ja doch: seine Spleens befördert.

LORD WHIMSY – EINE EINFÜHRUNG

oder: »Hochmut, dein Name ist Whimsy«

Authentizität ist die unredlichste Form des Narzissmus, ein Cape zu tragen ist die aufrichtigste Form des Narzissmus, eine Blume im Knopfloch ist die duftigste Form des Narzissmus.

LORD WHIMSY

Lord Breaulove Swells Whimsy ist ein Gentleman, der sich jeder einfachen Charakterisierung widersetzt, und als solchen hat man ihn schon einen achtbaren Dandy oder »selbstverliebten Weichling« genannt, Kultur-Doyen oder »Witzbold«, renommierten Schmetterlingssammler oder »albernen Wortklauber«, poetischen Jüngling oder »affiges Bürschchen«, Prachtexemplar der männlichen Spezies oder »Weichei und Warmduscher«; und, nicht zu vergessen, einen affektierten Provinzpoeten.

Zuallererst aber ist er der milchbärtige Däumling, der die gesammelten Traktate und Episteln mit dem Titel *Die Kunst, mit einem Hummer spazieren zu gehen* in die Welt gesetzt hat, die Sie in Ihren bebenden Händen halten. Zwischen den blassgrünen Buchdeckeln findet der Leser eine abwechslungsreiche Sammlung von Essays, amüsanten philosophischen Schaubildern, frechen Versen und Zerstreuungen für selige Müßiggänger. Whimsy erfreut mit seiner munteren Prosa und seinen fantastischen Theorien, in deren Kielwasser eine glitzernde Gischt von Ideen und Visionen aufsprüht, über die der Leser noch lange wird nachsinnen können.

Er hat sich mit seinen regelmäßig erscheinenden Artikeln eine treue Leserschaft erschrieben; man hat von Lesern gehört, die ihm auf offener Straße selbst gemachtes Quittenbrot, Liebesbriefe oder Zeichen des Wiedererkennens schenkten. Für diese Freundlichkeiten zeigt sich Whimsy erkenntlich und steht den Bedürftigen zur Seite; er hat auch schon eine Trauung für zwei seiner Leser durchgeführt. Wir zitieren einen der anwesenden Gäste: »Scheiße, Whimsy is' ja echt!«

Er predigt in vollen Kaffeehäusern, Buchläden und an Universitäten und erhellt die ehemaligen Kolonien mit seinem Licht. Irgendwo da draußen steht heute Abend ein kleiner, schmaler Mann in Samt, der die Jugend vor den Gefahren von Trainingsklamotten warnt. Wer ist dieser bienenfleißige Zwerg aus Arkadien? Er ist es, Whimsy.

All jene, die Lord Whimsys wohltätiges Wirken kennen, sind immer wieder erstaunt, in diesem Besitzer prometheischer Gaben ein scheues, zurückgezogenes Wesen kennenzulernen, das tags und nacht seinen Träumen nachhängt und ganze Felder von zarten Butterblumenköpfchen an sein knabenhaftes Kinn drückt. Und doch entdeckt man ihn immer wieder in der Kulturbrache, wo er gegen die gleichmacherischen Folgen des blinden Egalitarismus wütet, dessen Vertreter heutzutage alle Blumen köpfen, die es wagen, ihre Blüten über den gemeinen Rasen zu erheben. Er will der groben Allgegenwart des modernen Alltags unzeitgemäßen Charme entgegensetzen, um so das Fließband des Mittelmaßes in einen Motor der Schönheit zu verwandeln. Lord Whimsy parfümiert Locken und schmiedet Bonmots, weil er die Poesie der menschlichen Seele wieder zum Leben erwecken will. Unermüdlich hat er die Barrikaden mit einem Bukett in der Hand erklommen, um der Blume der Zivilisation die Demütigung zerquetschter Blütenblätter und zerstobener Stempel zu ersparen. Kurz, er ist ein Säuger aus dem Paradies und ein Herold des Himmels.

Mr. Avery Puckish
Autor, *Streng vertrauliche ätherische Scherze*

Des Buches ersther Theil

SINNSPRÜCHE, TRAKTATE *und* FRECHE VERSE

WIMSEY vs. WHIMSY

oder: Die bündige Klärung einer Bagatelle

Wer zum ersten Mal meine Bekanntschaft macht, ist mitunter verwirrt, ist doch mein *nom de plume* dem einer Figur der Kriminalschriftstellerin Dorothy L. Sayers ähnlich, die sie Lord Peter Wimsey genannt hat (der aufmerksame Leser wird die leicht unterschiedliche Schreibweise wahrnehmen). Entrüstete Anhänger der beliebten Kriminalserie erheben sich meist mit einem erregten »Das ist eine Unverschämtheit!« aus ihren Stühlen, um ihre hochroten Hinterteile dann doch wieder abzusetzen, wenn ich ihnen erklärt habe, dass diese Namensähnlichkeit rein zufällig ist.

Wie das sein kann, fragt ihr? Nun, zuerst einmal habe ich mein Alias nicht absichtsvoll gewählt, eher hat es wohl mich gewählt. Vor Jahren ist mir unter Kindheitsfreunden der sommerliche Beiname »Whimsy« (was im Englischen die Laune oder den Spleen bezeichnet) zugeweht, der einige Zeit später durch ein »Lord« ergänzt wurde. (Meine Vorlieben für eine blumige Sprache, Wappenkunde, Vogelbeobachtung und meine Schmetterlingssammlung hatten meinen Ruf als Sonderling schon im zarten Alter besiegelt.) In meinem Fall ist »Lord« also weder ererbtes noch selbst gewähltes Adelsprädikat, vielmehr ein kleiner ironischer Ehrentitel, der mir meiner persönlichen Attribute und Neigungen wegen zugeschrieben wurde. Ehe ich begann, diese kleine Traktatsammlung niederzuschreiben, war ich aus meiner samtenen Schmetterlingspuppe geschlüpft und hatte den Namen als Emblem meiner Einzigartigkeit angenommen. Ich war Lord Whimsy geworden.

ABB. 1

 **LORD** (PETER DEATH BREDON) **WIMSEY**	 **LORD** (BREAULOVE SWELLS) **WHIMSY**
Wappentier: drei Mäuse, laufend Helmzier: eine Katze, ruhend Wappenspruch: »Wohin meine Laune mich trägt«	Wappen: ein Murmeltier, ruhend Helmzier: ein echtes Hochrad Wappenspruch: »Es lebe die Bagatelle«
ist eine Figur aus einer Kriminalromanserie von Dorothy L. Sayers, entstanden zwischen 1920 und 1940	ist sehr real
»geboren« 1890	derzeit am Leben
hat im 1. Weltkrieg gedient	soll in Friedenszeiten als Ausbildungsoffizier im Floralen Frauenhilfsbund gedient haben
Weggefährte: Bunter	Weggefährtin: Lady Pinkwater
überzeugter Junggeselle	überzeugter Warmduscher
lebt in einer Londoner Stadtwohnung	lebt als Landjunker in der Provinz, in New Jersey
sammelt seltene Bücher und Inkunabeln	sammelt Zwerge und Schmeichler
Hobby: kriminalistische Ermittlungen	Hobby: sein Leben

Damit Missverständnisse bezüglich meines Namens künftig im Keime erstickt werden können, habe ich ein Schaubild (Abb. 1) gestaltet, das der geneigte Leser immer dann zurate ziehen kann, wenn er Verwechslungen vermeiden und Zweifel zerstreuen will. Nun aber genug des kleinlichen Unfugs, nicht wahr? Fahren wir fort!

ÜBER DEN DANDY

oder: Eine eigenwillige, durchaus ehrwürdige Praxis

Wir wollen uns nun mit einem zentralen Thema dieses Buchs vertraut machen: dem Snobismus oder Dandytum. Anders als gemeinhin vermutet, ist der Dandy nicht einfach ein herausgeputzter, gedankenloser Geck; nein, in Wahrheit ist er ein herausgeputzter, nachdenklicher Geck. Ein Dandy zu sein bedeutet nicht nur, ausgewählte Kleidung zu tragen: Es ist eine Lebensart, eine Philosophie. Die Garderobe eines Dandys ist nur der äußere Ausdruck seiner inneren Vervollkommnung – das elegante Glas, das den edlen Tropfen birgt.

Geboren wurde der Begriff des Dandytums während der Regency-Ära in England; er bezeichnete ursprünglich die äußere Eleganz und wurde dann später in Frankreich zu neuem Leben erweckt, wo D'Aurevilly und Baudelaire ihm in ihren Schriften ästhetisch-philosophische Dimensionen verliehen. Wir verbinden mit dem Begriff heutzutage sowohl die Eleganz der äußeren Erscheinung als auch die des Intellekts.

Das Wesen des Dandys lässt sich besser verstehen, wenn wir einmal kurz die Nase zuhalten und uns seinem hygienisch weniger achtsamen Vetter nähern. Wie der Bohemien will auch der Dandy der Banalität des Durchschnittsbürger-Daseins entfliehen, aber für ihn ist das nicht die einzige *raison d'être:* Das Dandytum existiert um seiner selbst willen, zum eigenen Vergnügen.

Der Bohemien zielt auf einen ungeregelten, ja ungezügelten Lebensstil, um sich von der Masse abzuheben, während der Dandy mit dem Gegenteil befasst ist; er versucht, sich so bedachtsam, souverän und exklusiv zu verhalten, wie es die Umstände gestatten. Mit anderen Worten: Der Bohemien missachtet Regeln, die der Durchschnittsbürger sich nicht erlauben kann zu missachten, der Dandy befolgt Regeln, die der Durchschnittsbürger sich nicht erlauben kann zu befolgen.

Das Dandytum scheint seine Blüte immer dann zu erleben, wenn Gesellschaften in einem überentwickelten, barocken Stadium angelangt sind, wenn die offensichtlicheren, robusteren schöpferischen Wege breitgetreten sind. Vielleicht kann man sagen, dass der Dandy seine delikaten Kalligrafien in die Leerräume zwischen den breiten kulturellen Pinselstrichen des Bohemiens malt.

Der Bohemien wird das Normale meiden oder ablehnen, während der Dandy jenseits des Normalen anlangt, indem er es durchschreitet: Der Dandy treibt das Normale auf die Spitze oder hebt es aus sich selbst heraus. Ein Dandy genießt die Herausforderung, Konventionen zu überspannen, ohne sie zu brechen; ja, er ist schnell gelangweilt von den pompösen Grenzübertretungen des Bohemiens.

Hin und wieder wird der Dandy die Mode beeinflussen, aber eigentlich bevorzugt er die stilistische Unabhängigkeit. Wenn der Dandy die Modewelt betrachtet, sieht er im Reichtum gefangene Haustiere; der Stil eines Dandys gleicht einer wachen, ungezähmten Kreatur, der nur ihr eigener Einfallsreichtum Grenzen setzt. Der Dandy reagiert nicht nur auf seine Umgebung, er ordnet sie neu, verschmilzt seine Erfahrungen zu einem Ganzen und verfeinert sie zu einer einzigartigen Empfindsamkeit, einer sorgfältig veredelten Gesinnung, die sein Markenzeichen sein wird. Jeder wird seine eigenen ästhetischen Grenzen ziehen, aber sind sie einmal gezogen, müssen sie rigoros eingehalten (und natürlich gnadenlos überspannt) werden.

Nichts ist belanglos für den Dandy, höchstens vielleicht belanglose Gedanken. Indem er Details außerordentliche Aufmerksamkeit schenkt, kann der Dandy sich eine eigene Welt schaffen, in der alles von Belang ist. So wird er sich zahllose Quellen des Vergnügens schaffen: die Befriedigung eines gelungenen Krawattenknotens zum Beispiel oder die Freude an der perfekten Haptik des gewählten Briefpapiers.

Im Zentrum seiner Kunst steht der Dandy selbst; seine Kleidung, seine Umgangsformen, seine Wortwahl und sein Geist sind die Palette, mit der er malt. Weil er sich inbrünstig bemüht, »ein lebendes Kunstwerk« (Oscar Wilde) zu werden, ist der Dandy ein Wesen, das die Zwiesprache mit dem Auserlesenen, dem Unbelebten, dem Heiter-Gelassenen suchen wird.

Der interessierte Leser wird gewiss feststellen, dass das Dandytum ein wahrhaft gordischer Knoten aus Feinheiten und Widersprüchen ist: ein Rätsel. Wie sagte Beau Brummel einmal so schön? Der Dandy ist fürwahr ein Palast in einem Labyrinth.

Genug – wir wollen speziell werden, nicht wahr?

DIE WHIMSY'SCHE BOHEMIEN-DANDY-SKALA

betreffend soziale Klasse und Stand

Eine Anmerkung vorweg: Stellte man das Schaubild in Abb. 2 dreidimensional dar, sähe es vermutlich wie ein stehender Zylinder aus, denn DANDYS (selbst ernannte Aristokraten / Emporkömmlinge) und BOHEMIENS (selbst ernannte Arme / Revolutionäre) teilen sich viele Eigenschaften, sind doch beide Gattungen jenseits der gesellschaftlichen Mitte zu finden.

Ja, etliche Arten und Individuen finden sich an beiden Enden der Skala, so wie auch der affektierte Provinzpoet, eine seltene Spezies des autodidaktisch-philomathischen Ästheten, dessen Klassifizierung sich allenfalls als quecksilbrig bezeichnen lässt. Der affektierte Provinzpoet ist ein Schelmenkind der Aufklärung, der den lange verloren geglaubten Mantel des Gentleman und Amateurs aus dem 18. Jahrhundert anlegt; ein verspielter Mittler zwischen den Welten, der wenig gibt auf die vermeintliche Kluft, welche die Sphären der Menschheit in unterschiedliche Kategorien teilt. Der affektierte Provinzpoet widmet sich Ideen und Unternehmungen, die dem Bescheiden-Menschlichen nahestehen und den Alltag erleichtern, er hat *Gegen den Strich* von Huysmans auf dem Nachttisch liegen, eine Ameisenfarm im Arbeitszimmer und ein halb fertiges Luftschiff im Garten.

Das gekippte Oval, das die Bohemien-Dandy-Skala überspannt (an der gestrichelten Linie zu erkennen), markiert die BREITENGRADE DES AFFEKTIERTEN PROVINZPOETEN; viele herausragende Vertreter der Spezies wie Benjamin Franklin und Joseph

ABB. 2

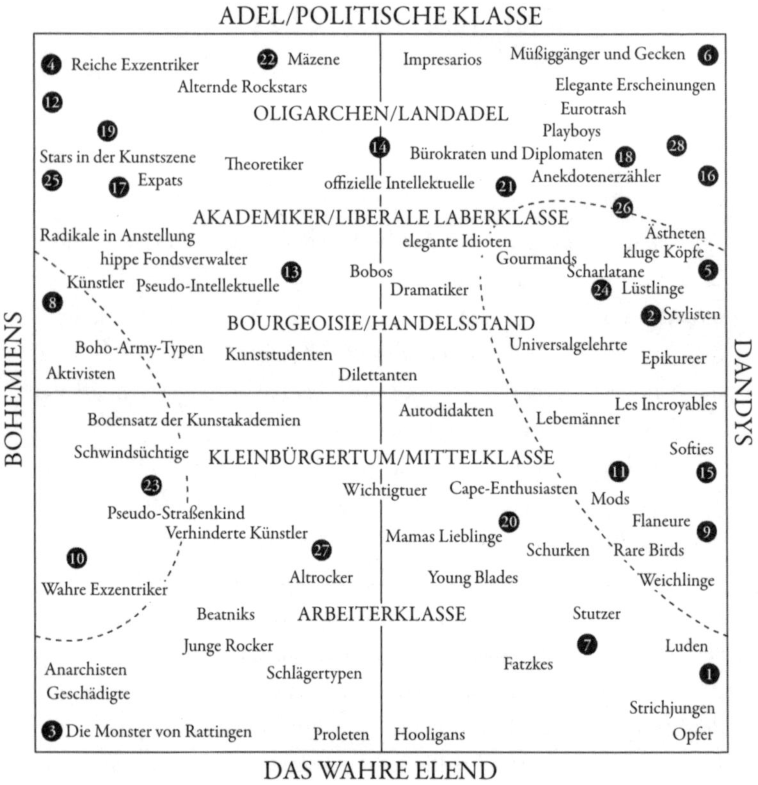

(Abb. 2) DIE BOHEMIEN-DANDY-SKALA: *1) Quentin Crisp; 2) Nick Foulkes; 3) Baroness Elsa von Freytag-Loringhoven; 4) Raymond Roussel; 5) Max Beerbohm; 6) Lord Cornbury; 7) Charles Dickens; 8) Henri Matisse; 9) Baudelaire; 10) Tiny Tim; 11) Paul Weller; 12) Marquis de Sade; 13) die üblichen Verdächtigen; 14) Charlie Rose; 15) die frühen Achtziger; 16) Gabriele D'Annunzio; 17) Paul Powles; 18) Rupert Everett; 19) Dame Edith Sitwell; 20) Schmetterlingssammler; 21) Bernard-Henri Lévy; 22) Peggy Guggenheim; 23) Kiki; 24) Pierre Louÿs; 25) Tracey Emin; 26) Truman Capote; 27) Evil Knievel; 28) Marcel Proust*

Cornell finden sich innerhalb dieser Skala wieder. Wohlgemerkt, nicht alle Arten und Individuen, die zwischen diesen Breitengraden siedeln, gelten als affektierte Provinzpoeten, und auch Individuen, die sich jenseits dieser Grenzen bewegen, können durchaus noch als affektierte Provinzpoeten betrachtet werden.

DANDYTUM VS. STUTZERTUM

oder: Grundsätzliche Unterscheidungen zwischen einem Dandy und einem albernen Stutzer

Die HAUPTMERKMALE des DANDYTUMS, wie sie in Abb. 3 gezeigt werden, befinden sich in einem perfekten, harmonischen Gleichgewicht. Man beachte, dass die Wesenszüge im Schaubild einander entgegenwirken, sodass eine sorgfältig gehaltene Balance entsteht. Zum Beispiel: UNABHÄNGIGKEIT wird durch WITZ gemäßigt, NARZISSMUS durch INTELLEKT und so weiter. Dieses dynamische Gleichgewicht erlaubt einen Idealzustand, den man gemeinhin als »männliche Größe« bezeichnet.

Die Hauptmerkmale des Dandytums, wie sie in Abb. 4 gezeigt werden, sind nicht im Gleichgewicht, sodass sie die degenerierte Form annehmen, das STUTZERTUM. Man beachte, wie die Merkmale GENUSSSUCHT, NARZISSMUS und ÜBERHEBLICHKEIT überentwickelt sind, während INTELLEKT, UNABHÄNGIGKEIT und WITZ unterentwickelt bleiben. Dieses Ungleichgewicht führt zu einem Persönlichkeitstyp, der gemeinhin als »Modefutzi« bekannt ist (siehe auch METROSEXUELLE: DIE NEUEN DANDYS? auf S. 157).

ABB. 3

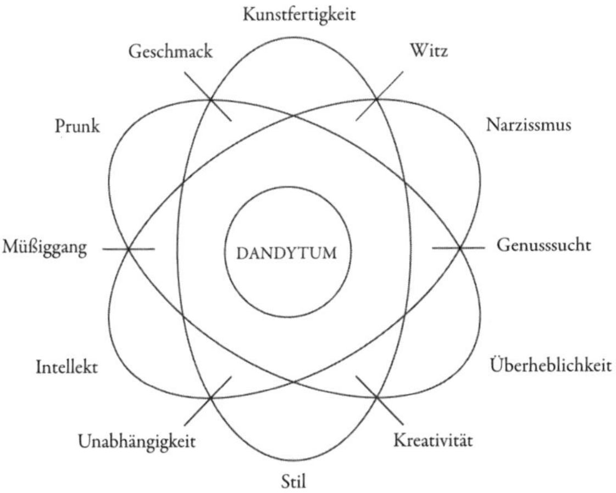
Kunstfertigkeit
Geschmack
Witz
Prunk
Narzissmus
Müßiggang
DANDYTUM
Genusssucht
Intellekt
Überheblichkeit
Unabhängigkeit
Kreativität
Stil

ABB. 4

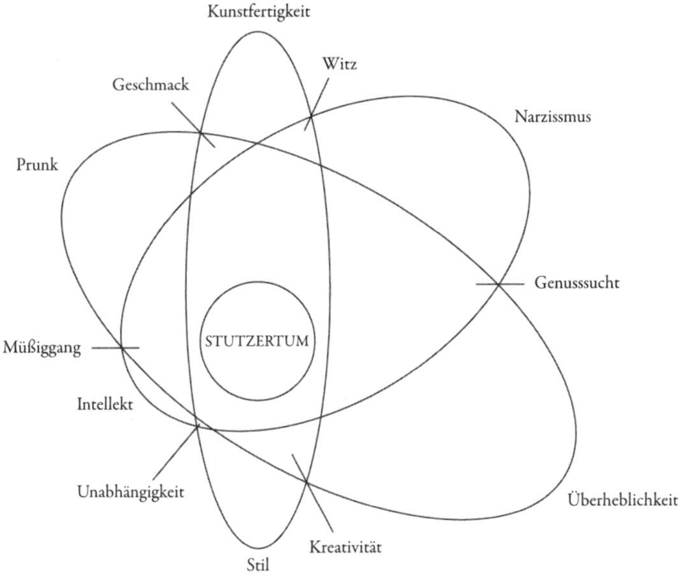
Kunstfertigkeit
Witz
Geschmack
Narzissmus
Prunk
Genusssucht
Müßiggang
STUTZERTUM
Intellekt
Unabhängigkeit
Überheblichkeit
Kreativität
Stil

DAS DANDY-HYBRID

oder: Die Schöpfung des affektierten Provinzpoeten

DANDYTUM (a) paart sich hier mit Tugenden der AUFKLÄRUNG (b) und produziert so ein widerstandsfähiges Hybrid, das AFFEKTIERTE PROVINZPOETENTUM (c). Diese Synthese bereichert das DANDYTUM um LEBHAFTIGKEIT, ÜBERSCHWANG, NEUGIER und ERFINDUNGSREICHTUM, was die Mutation von dandyhaften Zügen ermöglicht (so wirkt beispielsweise die LEBHAFTIGKEIT dem weniger dominanten MÜSSIGGANG entgegen, sodass diese in ihre inaktive Form, also [die Neigung zum] MÜSSIGGANG umgewandelt wird; sie ist mit dem Präfix [NZ] bezeichnet).

Eine weitere Besonderheit dieser Hybride ist der innere Bereich (mit einem »x« bezeichnet), dessen genauer Zweck und allgemeiner Nutzen noch unbekannt sind; Wissenschaftler vermuten, dass er zum Eklektizismus und zur ausgeprägten Neugierde des affektierten Provinzpoeten beiträgt. Diese Züge hat man auch schon bei früheren Exemplaren der Spezies nachweisen können, wie zum Beispiel bei Erasmus Darwin, einem englischen Landarzt, der krypto-erotische Epen schrieb, in denen schon die Ansichten seines großen Enkels zur natürlichen Selektion durchschimmerten.

Ein weiterer bemerkenswerter affektierter Provinzpoet des 18. Jahrhunderts ist Lord Timothy Dexter, ein selbst ernannter amerikanischer Adeliger (der Erste einer langen und vornehmen Linie), der trotz seiner Unfähigkeit ein irrsinnig erfolgreicher Kaufmann war. Lord Dexter schuf Holzstatuen, die den großen Männern seiner Zeit, inklusive seiner selbst, ein Denkmal setzten. Er gab auch ein Buch

ABB. 5

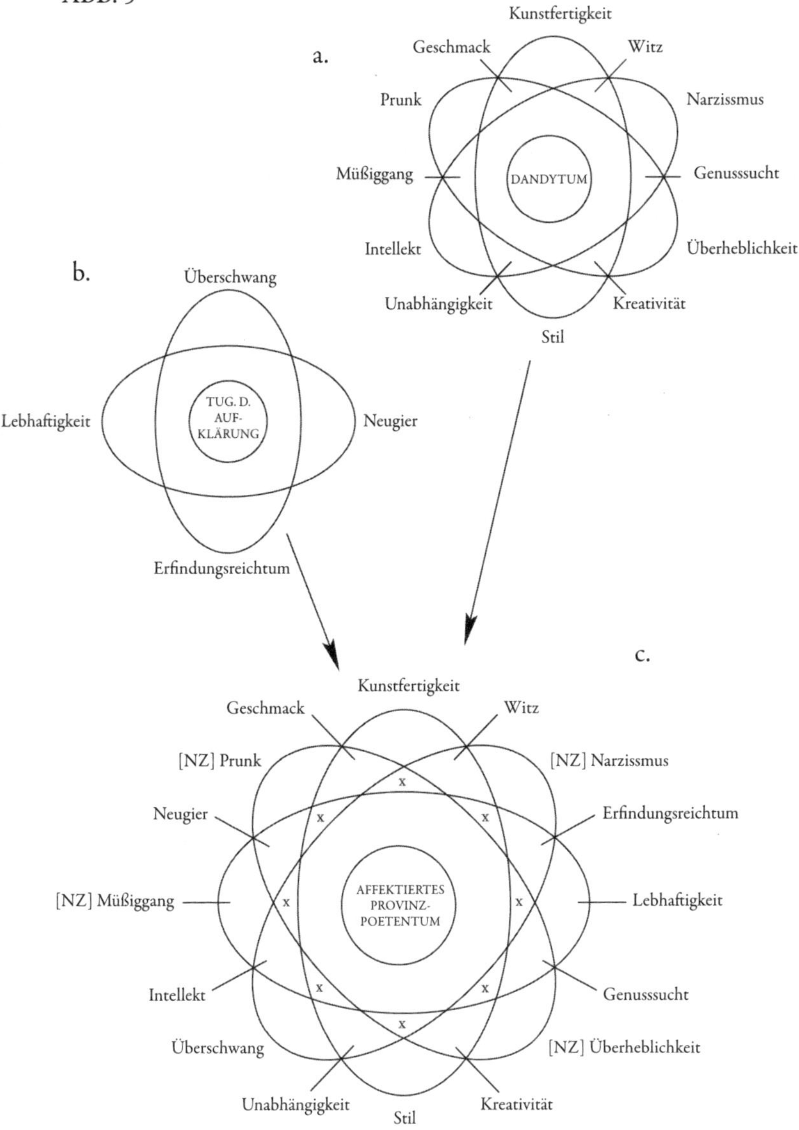
a.
Kunstfertigkeit
Geschmack
Witz
Prunk
Narzissmus
Müßiggang
DANDYTUM
Genusssucht
Intellekt
Überheblichkeit
Unabhängigkeit
Kreativität
Stil
b.
Überschwang
Lebhaftigkeit
TUG. D. AUF-KLÄRUNG
Neugier
Erfindungsreichtum
c.
Kunstfertigkeit
Geschmack
Witz
[NZ] Prunk
[NZ] Narzissmus
Neugier
Erfindungsreichtum
[NZ] Müßiggang
AFFEKTIERTES PROVINZ-POETENTUM
Lebhaftigkeit
Intellekt
Genusssucht
Überschwang
[NZ] Überheblichkeit
Unabhängigkeit
Stil
Kreativität

bar jeglicher ordentlicher Rechtschreibung oder Zeichensetzung im Selbstverlag heraus, *A Pickle for the Knowing Ones; or Simple Truths in a Homespun Dress* (zu Deutsch: Eingemachtes für Eingeweihte oder: Einfache Wahrheiten in einem schlichten Gewand). Als der Setzer ihn bat, noch Satzzeichen einzufügen, empfahl er ihm, doch einfach ans Ende des Buches einen Absatz mit Kommata und Punkten zu setzen, sodass der Leser »nach seinem Gutdünken pfeffern und salzen möge«.

DER BAUM DES WERDENS

oder: Eine Naturgeschichte des SONDERLINGS

Wie alle Menschen unserer Zeit, wird auch der SONDERLING (Abb. 6) – der Dandy, der affektierte Provinzpoet, der Künstler-Philosoph – in die Gefangenschaft hineingeboren (a) und schon bald mit einer Diät aus überkommenen Vorstellungen und Vorurteilen genährt, die ihn lehren soll, ein Leben voll Mühsal und fügsamer Knechtschaft zu ertragen. Nur den himmlischen Mächten ist bekannt, weshalb sich der Sonderling so schnell zu erkennen gibt, da er vom Kurs des Mittelmaßes (b) abweicht, um sich sodann auf eine Flugbahn zu begeben, auf der er sich im Verlauf der Zeit von den begrenzten Durchschnittserfahrungen immer weiter entfernt (siehe auch ACHSE DER MÖGLICHKEITEN). Nicht lange hierauf wird er durch die Wirkung auf die Zeitgenossen in seinem Umfeld seiner wahren Natur gewärtig; und so gerät der Sonderling schon bald an einen Scheide- und Wendepunkt, der ihn zwingt, dauerhaft in die nächste Phase seiner Entwicklung einzutreten; sein Bezugsrahmen wird nie mehr dem schmalen Tor anzupassen sein, durch das er in die nächste Phase eingetreten ist. Nach diesem Wendepunkt beschleunigt sich die Entwicklung: Die ersten Schritte sind noch unbeholfene, wilde Bocksprünge des Sich-Erprobens und -Erkundens (d), der Verinnerlichung, und der Aussöhnung mit der neuen, grenzenlosen Umgebung (e). Schon nach einiger Zeit aber wird der Sonderling seine Vervollkommnung in Angriff nehmen (f), die es ihm erlaubt, Verbindungen und Beziehungen wahrzunehmen, die sich ihm in früheren Entwicklungsstadien nicht erschlossen. Die Apotheose (g) ist erreicht,

ABB. 6

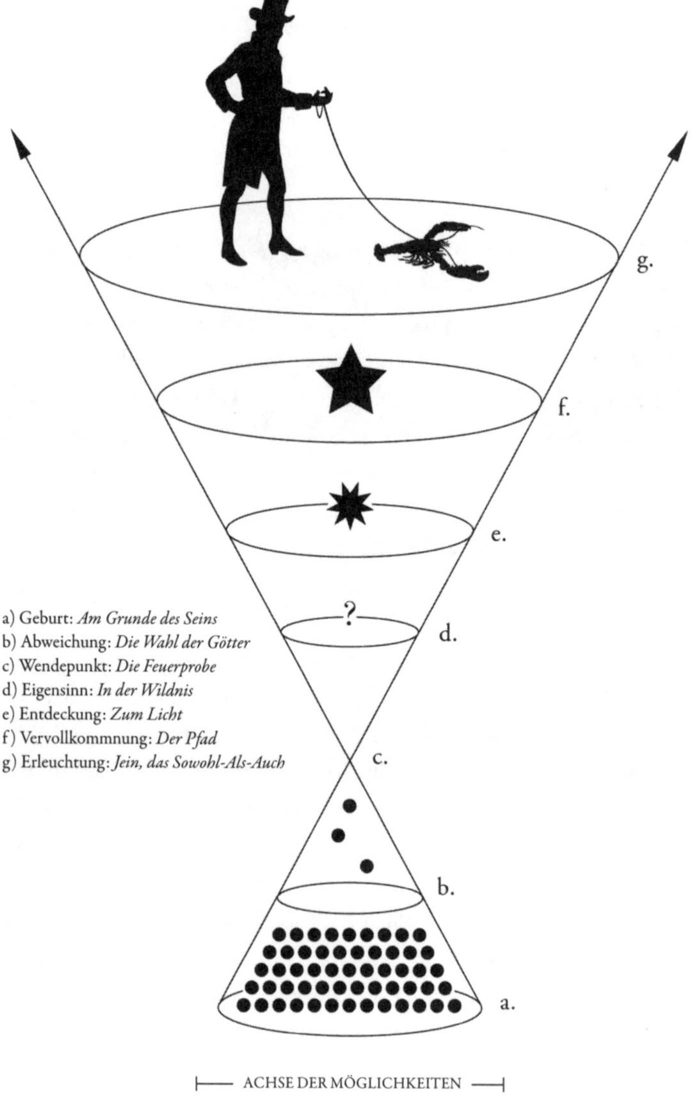
g.
f.
e.
?
d.
a) Geburt: *Am Grunde des Seins*
b) Abweichung: *Die Wahl der Götter*
c) Wendepunkt: *Die Feuerprobe*
d) Eigensinn: *In der Wildnis*
e) Entdeckung: *Zum Licht*
f) Vervollkommnung: *Der Pfad*
g) Erleuchtung: *Jein, das Sowohl-Als-Auch*
c.
b.
a.
ACHSE DER MÖGLICHKEITEN

wenn der Sonderling nach intensiven Meditationen, Versuchen und Studien seinem eigenen Wissen und Gewissen folgt und beherzt den Weg ins Ungewisse einschlägt. Der selbst ernannte Seelenaristokrat voll wirbelnder, turbulenter Schönheit kann nun als neugeborener Sonderling einen Ehrentitel oder Namen annehmen, der vielleicht einst einem kraftlosen, blutleeren Kadaver des europäischen Hochadels gehörte, aber nun als Gütestempel und Markenzeichen des sonderlichen Eigensinns verwendet wird.

DIE FREUDEN DER SCHMETTERLINGSKUNDE

oder: Wie Schmetterlinge und Falter durch das Sakrament ihres Fleisches der menschlichen Art Weisheit vermitteln (ein Schlüsselroman).

Die nebenstehende Grafik (Abb. 7) stellt im Wesentlichen eine Seelenreise dar; von den unbekümmert-dreisten Wegen eines JUNGSPUNDS (a) zu den ausgeklügelten Pfaden der SELBSTKULTIVIERUNG (d) und der Wertschätzung des Müßiggangs; dieser ermöglicht es nämlich anderen Wesen, im Einklang mit dem friedlichen Königreich der Natur zu leben.

Der Jungspund, so sieht es der Plan der Natur vor, empfindet einen primitiven Jagdinstinkt und Hunger nach lebenden Schönheiten. Er erforscht, verfolgt und fängt schließlich seine Beute, betrachtet seine Trophäen mit lustvollem Appetit und stellt jedes Juwel, das er dem taumelnden Leben entrissen hat, genussvoll aus. Doch nach und nach wird er die Leere spüren, die auf jede Jagd folgt, denn die Augenblicke des Zaubers – die farbenprächtigen Tänze über Wildblumenwiesen nach einem Sommersturm, die fesselnden nächtlichen Schattenspiele auf den geschliffenen Fenstergläsern im Licht einer Terrassenleuchte – diese zauberhaften Momente, die ihn zu seiner Beute hinziehen, werden unwiederbringlich zerstört, sobald er den Deckel seines Fangglases schließt.

Und an eben diesem Punkt mag der Jungspund die Abzweigung zum Pfad der SELBSTKULTIVIERUNG (d) finden, vorausgesetzt dass der junge Mann empfänglich ist für den verdienten und stechenden Schmerz der ERSTEN WUNDE (b): eine Welle von Gewissensbissen und Selbstverachtung, weil er zum nichts ahnenden Stellvertreter des Banalen und des Primitiven geworden ist, der die Natur unterjocht und die Kultur bagatellisiert, indem er Stachelschweine, Sperlinge, Spengler und Schriftsteller allesamt ihres Privilegs beraubt, sich von ebenjener Beute bezaubern zu lassen, die er auf taubenetzten Wiesen fängt. Die ERSTE WUNDE (b) ist der Sündenfall, das einzige Tor, das der Jungspund durchschreiten kann, um sich zu erlösen und in einen höheren Zustand zu gelangen.

SCHAM (c) treibt den Jungspund schließlich auf den rechten Weg, den Pfad der SELBSTKULTIVIERUNG (d), auf dem er sich bescheiden und jedwede »Beute« nach ihrer Façon wertschätzen wird und nicht nach seiner. So lernt der beschämte Jungspund schließlich die Lektionen, die ihn seine Beute lehrt. Sie lehrt ihn Anmut und Eleganz, Freude und den stillen, nachdenklichen Genuss des reinen Daseins; die ehemalige Beute wird zur schmeichelhaften Allegorie seiner eigenen Metamorphose. In seinem Herzen wird das lebenslange Bestreben geboren, wie seine Beute ein lebendiges Kunstwerk zu werden; der Beschämte sonnt sich in der inbrünstigen Eleganz, die dem ansteht, der danach strebt, ein Herold des Paradieses zu werden. Nach solcher Verwandlung wird er seiner wahren Berufung folgen.

ABB. 7

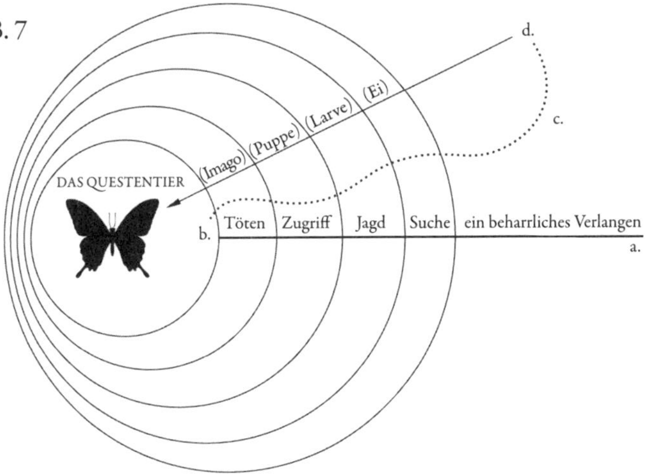

GEH ZUM HERREN-AUSSTATTER, GEH

oder: Der Gentleman als Archetyp des Revolutionärs und seine Rolle beim Niedergang des coolen Typen (eine kurze Betrachtung)

Wie ein riesiger, schleimiger, interstellarer Number-One-Kopfgeldjäger hat es der Halb-Mann (auch der coole Typ genannt) schon viel zu lang viel zu leicht gehabt. Er ist als Nachfahre der Sansculotten das wandelnde Symbol für die Antworten des vergangenen Jahrhunderts auf die verhassten Orthodoxien der vorausgegangenen – hat allerdings mit der Zeit unwissentlich eine genauso tückische Gleichmacherei gepflegt. Während die verknöcherten Zwänge der Vergangenheit vielleicht arrogant waren, ist die chronische Lähmung, die man am coolen Typen beobachten kann, auf das völlige Fehlen von Zwängen zurückzuführen, Zwänge, die richtig angewendet durchaus eine belebende Widerständigkeit hervorrufen könnten. Und so sehen wir mitten in diesem gesellschaftlichen Endspiel: eine blutarme, lauwarme Brühe aus Pseudo-Arbeiterklamotten, Kleinmütigkeit in Sachen Garderobe, kaum neue Entwicklungen, die dann auch noch weder durchschlagend noch richtungsweisend sind, sondern immer nur den armseligen Bodensatz der Popkultur abschöpfen. Der coole Typ ist schlicht und ergreifend Opfer seines eigenen Erfolgs geworden und wird mit jedem Tag uninteressanter (Abb. 8).

Bedauerlicherweise überrascht das kaum: Weil die gesellschaftliche Mitte den Begriff der Avantgarde missversteht, ist sie in ein Wettrüsten der Geschmacklosigkeit geraten und verlangt von uns, alles Alte über Bord zu werfen, selbst wenn es noch von Nutzen und Wert ist. Eine zwanghafte Formlosigkeit ist die Folge, die die Luft des kultivierten Lebens so weit eintrübt, dass man gutes Benehmen selbst dann kaum noch erkennen kann, wenn es einmal in Erscheinung tritt. Wir leben in verarmten Zeiten, wo Ungeschliffenheit erwartet, wenn nicht gar bewundert wird. Himmel, steh uns bei!

ABB. 8 *Der coole Typ*
(und als solcher eher lausig)

Akne, Herpes
verweichlichte Wirbelsäule
(Gitarre, Mädels)
sitzt in seiner Ecke fest

ABB. 9 *Der Gentleman*

perfekt frisiert
feinstes Tuch in den Taschen
Schuhwichse leuchtet bis
in den Weltraum

Ich schlage also vor, was der schon zu Lebzeiten göttliche Quentin Crisp die »Kette der Selbsterschaffung« genannt hätte: eine Reihe von Verbesserungsmaßnahmen, welche die Jugend mit den Annehmlichkeiten selbst auferlegter Höflichkeit und Haltung wieder vertraut machen und die Früchte der Moderne mit dem Charme des Althergebrachten verbinden werden. Ich lege euch hiermit den Archetypen ans Herz, der historisch gesehen das Gegenstück zum Bohemien ist: der DANDY oder GENTLEMAN (Abb. 9).

»Aber mein lieber Whimsy«, werdet ihr jetzt sagen, »wir wissen doch alle, dass ein ‚Dandy' nichts als ein alberner Pfau ist – Sie belieben zu scherzen!« Darauf würde ich erwidern, dass der ansehnliche Schmuck, der die Männchen fast aller Arten ziert, die unter der Doppelhelix wandeln, doch aufs Erhabenste beweist, dass das Federkleid des balzenden Vogels und die Geweihstangen des mächtigen Hirsches ebenjener Schmuck sind, den das schöne Geschlecht als Beweis für die Kraft und Tauglichkeit des Partners erachtet. Beim Menschen mag die Sachlage Folge einer Kombination aus angeboren und anerzogen sein, aber sie bleibt doch unser rechtmäßiges Erbe. Und überdies ist es ja erst eine jüngere Tendenz, am männlichen Geschlecht öde Farblosigkeit gutzuheißen; sie begann vermutlich bei den Puritanern (die ihre himmlisch orientierten Geister alle gleichmachen wollten) und fand ihre Fortsetzung in der industriellen Revolution, die nach fließbandfreundlicher Garderobe verlangte. Aber jetzt, da rotierende Zahnräder längst dem friedlichen Summen umherrasender Elektronen Platz gemacht haben, hat diese eintönige Ästhetik doch gewiss ausgedient!

Es ist ein herrliches Privileg, ein Gentleman zu sein! Der Gentleman weiß, dass seine extravagante Erscheinung eine sorgsame ausbalancierte Haltung ohne Moral und mit Fassung versinnbildlicht, eine Erscheinung, mit der er sich zur Schau stellt wie ein kampfbereiter Gockel in der brütenden Mittagshitze. Männer dieser Erde: Erspart euch das kastrierte Dasein des coolen Typen! Haltet es mit dem Motto des Gentleman: »Lieber tot als lässig!«

OVERDRESS!

Oder: Eine kurze Betrachtung über den Irrsinn der (nach)lässigen Garderobe

Ein Refrain unsrer Zeit klingt besonders entmutigend: »Wieso hast du dich denn so schick gemacht?« Viel zu selten hören wir, dass jemand gemieden wird, weil er zu nachlässig gekleidet sei. Overdressed zu gehen ist heute das Verbrechen, denn dann würde man ja zugeben, sich »bemüht« zu haben. Wie in: »Du hast dich um ihn bemüht? O Mann, hat er's gemerkt? Wie uncool. Tja, den kannst du dir abschminken, das kann ja nichts werden.«

Diese verkehrte Selbstgefälligkeit wird zumeist von zwei unterschiedlichen Spezies gepflegt: Die einen Vertreter dieser Ideologie sind ewige Möchtegern-Teenager-Ignoranten, die Haschklumpen als Hirne haben. Diese Jugendkultur-Geschädigten halten den Irrglauben ihres Aufwachsens (das wohl eher ein Absterben war) für das Evangelium und können sich schon deshalb nicht vorstellen, weshalb jemand sich einer so muffigen, angestaubten Kunst widmen sollte, wenn es doch so viel »authentischer« und »ey, irgendwie voll echt« ist, wie ein weggeworfenes Papiertaschentuch auszusehen.

Die anderen Vertreter sind ein bisschen vornehmer; hier kleidet man sich lässig, um unauffällig zu verdeutlichen, dass man anders könnte, aber nicht will. Was im Übrigen auch schon ihre ganze Kunst ist (ich habe im Lincoln Centre in New York neben Menschen gesessen, die sich in Jeans und T-Shirt eine Theateraufführung ansahen). Nachlässigkeit ist angesagt, weil sie impliziert, dass man so wahnsinnig *down-to-earth* ist und es sich leisten kann, gesellschaftliche Normen zu ignorieren. Dieser Quatsch ist genauso anmaßend und beschränkt wie das, was diese Stänkerer vorgeben zu verachten. Natürlich sollte man overdressed sein, nicht nur aus Selbstachtung, sondern auch aus Wertschätzung für die anderen: Wenn man schon betrachtet wird, sollte man doch auch eine Augenweide sein. Ganz abgesehen davon bin ich nicht einmal überzeugt, dass man das overdressed nennen kann. Dass man lieber stehen bleibt, während alle anderen beschließen, einen Affentanz aufzuführen, heißt schließlich noch lange nicht, dass man stattdessen unbedingt Hochsprung machen will; es heißt nur, dass man darauf wartet, dass die Latte höhergelegt wird.

WIE MAN EIN LEBEMANN WIRD

Einige irdische Ratschläge nach Machiavell'scher Manier

Ich habe es mir selbst zur Aufgabe gemacht, euch, hochgeschätzte Leser, mit einem Handbuch zu beglücken, das tadellose, fundierte Ratschläge gibt – hie und da mit ein wenig Witz und Weisheit gewürzt, die uns die großen Dandys und Exzentriker aus früheren Zeiten überliefert haben. Diese Leitsätze sollen als Magnet, als Anziehungspunkt für angehende Lebemänner und all diejenigen dienen, welche die herrlichste Version ihrer selbst annehmen wollen. Viele dieser Leitsätze und Themen werdet ihr an anderen Stellen in diesem Buch wiederfinden, was durchaus bezweckt ist, denn sie verdienen es, wiederholt zu werden.

Artikel I. Sich selbst zu erschaffen heißt, sich selbst zu finden: Fürchtet euch nicht, euch von außen nach innen zu verändern. Fast alle bedeutenden Menschen haben es so gehalten.

Artikel II. Nachdem die meisten von uns nicht dem »alten Geld« entstammen, wird unsere Kultiviertheit einiges an Selbstkultivierung erfordern (die schönen Künste, Literatur, feine Küche, eine Sammlung ungarischer Puderdöschen et cetera). Vergesst nicht: Ein billiges Furnier aus Snobismus ist nicht nur vulgär, sondern wird auch dazu führen, dass man Schecks ausstellt, die die eigene Belesenheit nicht decken kann.

Artikel III. Verwendet ein Markenzeichen, an dem euch eure Mitmenschen sofort erkennen – sei es ein Hut, ein Krawattenknoten oder ein Epigramm. Ein privates Totem macht einen leichter berühmt und berüchtigt, aber es sollte nicht zu ausgefallen sein (oder doch).

Artikel IV. Zweifellos werdet ihr zunächst der Lächerlichkeit preisgegeben sein; lasst der Öffentlichkeit Zeit, sich an eure ganz eigene Ausstrahlung zu gewöhnen. Der Steinzeitmensch hat mit Kieseln auf Kometen geworfen, und so hält es der Pöbel heute noch (dem ihr früher ebenfalls angehört habt, aber das behaltet ihr lieber für euch). Mit der Zeit werden sie euch lieben lernen – und ihr sie.

Artikel V. Tretet nur flüchtig, viel zu kurz in Erscheinung – wie ein goldener Seelöwe, der aus der Tiefe auftaucht und sein seidiges Vlies streicheln lässt. Bleibt nicht zu lang, das Publikum soll immer nach mehr verlangen müssen.

Artikel VI. Gebt nicht zu viel von euch preis, auf dass ihr eure geheimnisvolle Aura nicht zerstört und die anderen das Interesse verlieren oder gar Schlimmeres geschieht.

Artikel VII. Wir leben in einer Zeit, in der man auffällt, wenn man sich gut kleidet. Dennoch sollten wir uns nie herausputzen, nur um Aufmerksamkeit zu erregen oder eine Schockwirkung zu erzielen; taktlos Grenzen zu überschreiten ist etwas für Spinner, Flegel und Dorfdeppen. Überdehnt beherzt die Konventionen, aber brecht sie nicht.

Artikel VIII. Eine exklusive Garderobe macht noch keine elegante Erscheinung. Kultiviertheit, unangestrengte Grazie und Haltung sind genauso wichtig wie die Kleidung. Wie es auch an anderer Stelle in diesem Buch heißt: Die Garderobe deutet auf den Geschmack, sie ist aber nicht seine Summe.

Artikel IX. Der Schein macht das Sein: Eine subtile Sammlung unauffällig platzierter selbst verherrlichender Fiktionen wird die Gerüchteküche aufs Feinste würzen. Ihr werdet sehen, dass die Mitwelt ihre Vorstellungen nur allzu gern auf euch projiziert; tut ihnen den Gefallen, eine große, eine schöne Leinwand zu sein.

Artikel X. Pflegt den Anschein von Nutzlosigkeit, dann wundert sich die Mitwelt umso mehr, weshalb und wie ihr existiert. Wem das reizvoll erscheint, der wird euer Freund werden.

Artikel XI. Bei gesellschaftlichen Anlässen macht Konversation wie ein Vogel, nicht wie ein Frettchen; segelt mit dem vorherrschenden Wind.

Artikel XII. Versprüht Esprit, gleichzeitig leichtfüßig und besonnen. Vermeidet unnötige Prahlerei: »Ungerührt und mit Haltung« sollte eure Losung sein.

Artikel XIII. Bleibt sozialen Verpflichtungen hin und wieder fern, es wird den Eindruck eures katzenhaften Wesens festigen. Eure Mitwelt sollte sich mehr für euch interessieren als ihr euch für sie.

Artikel XIV. Versammelt einen Kreis aufregender, interessanter Menschen um euch. Sie werden euch durch ihre Verbindungen, ihre Freundschaft und Gönnerschaft euren Lebensstil ermöglichen. Sich in solcher Gesellschaft zu befinden macht das Dasein eines Bonvivants lebenswert.

Artikel XV. Im Gegensatz zu vergangenen Zeiten darf der Lebemann durchaus dafür bekannt sein, etwas zu tun, aber er sollte natürlich noch viel bekannter dafür sein, jemand zu sein. Das eigene Ich ist die Projektionsfläche und das Mittel der Wahl für den Lebemann.

Artikel XVI. Ihr dürft die neuen Technologien nutzen, um euer öffentliches Profil zu schärfen und zu stärken: Webseiten, Presseerklärungen, Fernsehen, Rundfunk, Magazine et cetera. Die neuen Methoden der Öffentlichkeitsarbeit in Kombination mit den traditionellen Methoden der Einführung in die Gesellschaft (Visitenkarten und Skandale) können Wunder wirken, wenn es um eine sorgfältig inszenierte Darstellung eurer selbst geht. Wann immer es euch möglich ist, delegiert diese Aufgaben; schließlich steht ihr über so gewöhnlichen (lies: nützlichen) Beschäftigungen.

Artikel XVII. Die Mühe, die es kostet, diese öffentliche Person darzustellen, darf niemals sichtbar sein, und sei es noch so anstrengend. Im Gegenteil, für eine Krawatte, die mit ihrem unvollkommenen Knoten unangestrengt elegant wirken soll, kann man sogar

Stunden benötigt haben; ganz ähnlich wie beim momentanen Hype um den gerade richtig zerzausten Lockenschopf. Studiert euren Vorrat an »spontanen Einfällen« und geistreichen Bemerkungen ein, bevor ihr abends ausgeht.

Artikel XVIII. Intelligenz und Talent tragen weit, Charme und Witz tragen überall hin.

Artikel XIX. Um an dieser Stelle Monsieur D'Aurevilly zu zitieren: Werdet ihr »ein Kunstwerk traditioneller Gelassenheit gegenüber der aufgeregten Moderne«, so werden andere Trost in eurer Gesellschaft suchen. Seid der Waldgeist oder die Elfe, die man nur noch in Büchern, Gemälden und Pastoralen findet: eine duftende Seele mit auf Hochglanz polierten Schuhen.

Artikel XX. Selbstverständlich sollte man die Zeitgenossen faszinieren, aber schreckt nicht davor zurück, euch hin und wieder zu amüsieren; die Mitmenschen werden solche Exzesse, egal ob in Handlung oder Kleidung, liebenswert finden. Aber haltet Maß dabei, damit aus dem Spring-Kasper kein trauriger Pierrot wird. Ja, solcherart sind die Gefahren, die auf den lauern, der ein wohlgestaltetes Leben zu führen bestrebt ist.

Artikel XXI. Im Herzen der Ironie liegt die Verachtung; und Kitsch – auch wenn er eigentlich aus Neigung zu dem geboren wird, was er verhöhnt –, Kitsch versucht sich immer an dieser schrillen, blechernen höchsten Note. Beide Mittel sind in ihrer Anwendung zu einfach, künstlerisch zu einschränkend und zu vorhersehbar. Wählt stattdessen eine spöttisch-spielerische Ernsthaftigkeit, die einer Liebe zu den Dingen entspringt; aber hütet euch, in dümmliche Seriosität zu verfallen.

Artikel XXII. Genießt allein oder mit Gleichgesinnten, aber lasst es euch gleichgültig sein, was die Kleingeister sagen; manchmal muss man über Kröten steigen, um in den eigenen inneren Garten zu gelangen, und ihr hässliches Quaken muss man nicht fürchten.

Artikel XXIII. Meidet »Uniformen«, es sei denn, ihr habt sie selbst entworfen; einem Archetyp sklavisch ergeben zu sein heißt, ihn zu verflachen, ihn in ein Klischee zurückzuverwandeln. Folgt eurer ureigenen Ästhetik: Brecht das Licht, reflektiert es nicht.

Artikel XXIV. Strebt den Zustand des Sonderlings an. Nähert euch der Welt nie im rechten Winkel, sondern immer aus den seltsamsten Perspektiven.

Artikel XXV. Wie wir schon an anderer Stelle festgehalten haben, sollte der Bonvivant Herold des Paradieses sein: ein Wesen, das in jambischen Pentametern dahinschreitet. Zeigt euch auf den Straßen, um eurer Mitmenschen willen, die ihr inspiriert oder amüsiert. Aus dem Frivolen entsteht das Erhabene! Seid die leuchtende Fackel für die grauen Bewohner dieses verwüsteten Gartens, den wir »Leben« nennen.

Artikel XXVI. Haltet euch an das Motto des erfolglosen Schauspielers und berühmten Rammlers aus der Regency-Ära, Romeo Coates: »Solange ich lebe, krähe ich.«

Nachdem ihr diese Leitsätze gelesen habt, lernt sie auswendig – und dann denkt nicht mehr über sie nach, denn die einzig wahren Gesetze in dieser Welt sind die Gewohnheiten.

DES MANNES KEHLLAPPEN, IN AMT UND WÜRDEN

oder: Wie man seinen Hals in ein Kaleidoskop verwandelt

Der Schlips eines Mannes ist mehr als nur ein Stück Seide (oder, der Himmel möge es verhüten, Kunstseide). Die Krawatte, ob beabsichtigt oder nicht, verrät durch Farbe, Muster, Material und Stärke etwas über unsere Persönlichkeit (oder den Mangel an ihr); ja, selbst die Wahl des Knotens sagt viel darüber aus, was in der runzligen Rübe darüber vor sich geht. Ich habe nebenstehend nur eine Handvoll Standards, Raritäten und persönliche Lieblingsknoten versammelt, die sich der Leser zu Gemüte führen mag:

Die erste hier abgebildete Gruppe zeigt schmale, lange Knoten, die sich besonders für Hemden mit hohem Band und enger Spreizung (a, b, c, d) eignen. Der VICTORIA (a) ist ein leicht asymmetrischer Knoten mit einer eleganten, lang gezogenen Lilienform. Der nächste ist einer meiner bevorzugten Knoten, der PRINZ ALBERT (b), ein Victoria-Knoten mit einer zusätzlichen Ringbewegung bzw. einem weiteren Durchzug, die einen kleinen Rand des vorhergehenden Durchzugs unter dem letzten hervorlugen lässt. Der Prinz-Albert-Knoten ist perfekt durchkomponiert; die Assoziation mit einem Blütenkelch wird besonders betont, wenn die Krawatte in einem satten, seidigen Grünton gehalten ist. In seltenen Fällen versuche ich mich an einem dritten Durchzug, um diesen Effekt noch zu verstärken (c), aber dadurch wird der Schlips doch sehr in Mitleidenschaft gezogen, weshalb ich diesen Knoten eigentlich nur bei älteren, eher schlichten Krawatten anwende, deren Seide ihre Bauschigkeit bereits verloren hat. Und wenn ich in einer sehr übermütigen Verfassung bin,

ABB. 10

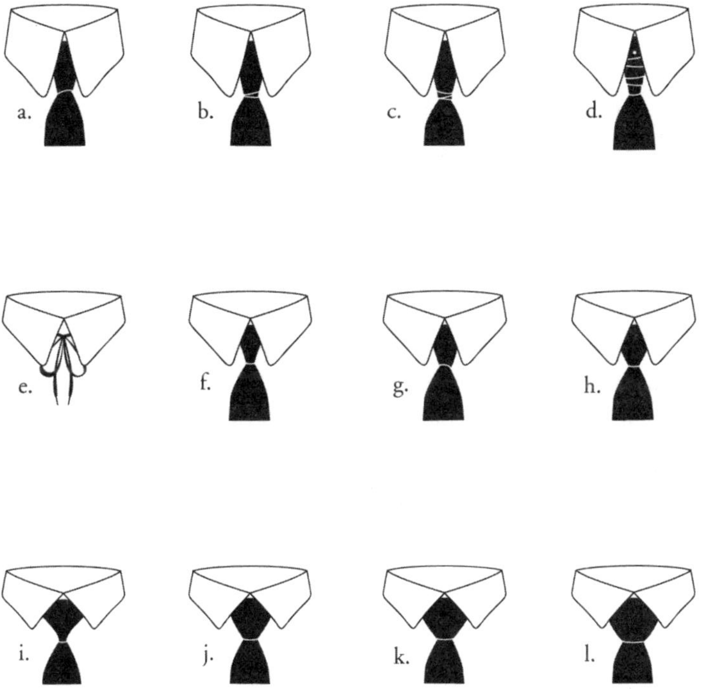

(Abb. 10) KRAWATTENKNOTEN: *a) Victoria-Knoten; b) Prinz-Albert-Knoten; c) Prinz Albert mit einem zusätzlichen Durchzug; d) eine Extravaganz; e) der »Man Ray«; f) Four-in-Hand oder einfacher Knoten; g) Cavendish-Knoten; h) halber Windsor-Knoten; i) der Dovorian; j) Windsor-Knoten; k) Hannoveraner; l) Balthus-Knoten*

knote ich »Extravaganzen«, indem ich das schmale, passive Ende der Krawatte ausnutze (d). Anders als bei den meisten konventionellen Knoten macht man so den Herstellungsprozess sichtbar. Scheitern ist hier die Regel, aber manchmal stolpert man über ein erheiterndes und gleichzeitig ungewöhnliches Erscheinungsbild. Und man wird gemeinhin eine Nadel benötigen, um diese Art Knoten an Ort und Stelle zu halten. Bonne chance!

Es gibt auch interessante Alternativen zum Schlips, wie Halsbinde oder Jabot, den Schal oder das Plastron, die einen besonderen Eindruck hinterlassen, selbst wenn sie mit einem konventionellen Knoten gebunden werden.

Langbinder (die Vorfahren der modernen Krawatte) eignen sich ganz besonders für eine Vielzahl von wundervollen Knoten, können aber manchmal etwas dürr ausfallen. Man könnte natürlich auch ungewöhnlichere Materialien verwenden, wie Man Rays charakteristischen Schnürsenkel-Binder (e); diese sollten allerdings in jedem Fall vorher gewaschen werden, wenn man nicht unbedingt wissen will, wie schlimm Kragenränder aussehen können.

Die nächste Gruppe umfasst relativ bescheidene, einfache Knoten (f, g, h), die zu alltäglichen Klapp- oder Umlegekragen passen, aber meist zu klein für die Cutaway- oder Haifischkragen bei formelleren Anlässen sein werden. Der FOUR-IN-HAND (f) ist ein Klassiker und bekannt für seinen kleinen, schmalen Knoten. Dieser Knoten ist vortrefflich geeignet für aufwendig bestickte, dickere Schlipse, weil der Knoten so schlicht ist und den Stoff kaum in Mitleidenschaft zieht. Ja, man benötigt für diesen Knoten sogar volleres Material, da er sonst schnell wie eine verschrumpelte Erdbeere aussieht.

Der CAVENDISH-KNOTEN (g) ist etwas größer als der Four-in-Hand und leicht asymmetrisch in seinem Erscheinungsbild. Er ist eine hübsche Alternative zum symmetrischeren, aber doch sehr alltäglichen HALBEN WINDSOR-KNOTEN (h), der unter Verwaltungsbeamten sehr beliebt ist. Der halbe Windsor ist ebenfalls größer als der Four-in-Hand, aber er würde vermutlich von den kräftigeren Knoten etwas gehustet bekommen, wenn er sich in die Nähe eines formelleren Cutaway-Kragens wagte. Nichtsdestoweniger ist es ein einwandfreier, unaufdringlicher Knoten, den man kennen sollte.

Bevor wir in Kürze die Giganten kennenlernen, wollen wir die Bekanntschaft ihrer etwas weniger beachtlichen Cousins machen. Hier finden wir die vielseitigen, breiteren Knoten, die sich sowohl an einem Klapp- wie auch an einem Cutaway-Kragen zu Hause fühlen. Der neueste und vermutlich attraktivste dieser Knoten ist der DOVORIAN (i) mit seiner Wespentaille und einer anmutigen, auf dem Kopf stehenden Glockensilhouette, die an das Korsett einer Frau oder eine Tiffany-Vase erinnert. Und wir finden hier auch den unverwüstlichen, breitschultrigen WINDSOR-KNOTEN (j), eine wohlproportionierte Bindung, die – je nach Gewicht des Schlipses – zu jedem Kragen passt. Dem Windsor-Knoten fehlt die Anmut des Dovorian, aber er macht das mit seiner edlen Herkunft wett.

Endlich begegnen wir den Helden der Knoten-Mythologie: Der HANNOVERANER (k) wirft seinen Schatten sogar über den mesomorphen Windsor-Knoten; seine beinahe perfekte formale Harmonie erzielt man, indem man den Schlips mehrfach um seinen dreieckigen Knoten schlingt. Aber der Größte unter ihnen ist der nach seinem Namensgeber benannte BALTHUS-KNOTEN (l), entworfen von jenem berühmt-berüchtigten Maler unerklärlich abwesend wirkender Pubertierender. Der Balthus lässt sich durchaus mit einem Croquetball am Hals vergleichen und kann einigermaßen lachhafte Dimensionen annehmen, wenn das verwendete Material die entsprechende Bauschigkeit aufweist. Eine weitere Gefahr ist, dass nicht genügend Material übrig bleibt; das Resultat ist eine Art Lätzchen-Schlips – was sich aber durchaus in einen Vorteil verwandeln lässt, wenn man Weste oder Pullunder trägt und zu stark auftragendes

Material darunter vermeiden möchte. In jedem Fall ist der Balthus der Knoten der Wahl, wenn man gerade in einen Autounfall verwickelt wird (wir ermutigen den Träger, in einem solchen Fall möglichst rasch die Krawatte zu binden).

Noch ein paar Worte dazu, wie man dem Schlips den letzten Schliff gibt: Man sollte im Kopf behalten, dass die Dicke und Materialbeschaffenheit der Krawatte das Aussehen des Knotens beeinflusst und die Ergebnisse dementsprechend variieren. Grübchen sind ebenso essentieller Bestandteil der Persönlichkeit eines Knotens: Entweder zwickt man den Stoff ein wenig ein, wenn er durch die letzte Schlinge gezogen wird, oder man drückt nach Vollendung des Knotens mit einem Finger in den Stoff. Der Binder sollte aus dem Knoten hervorblühen und keinesfalls zerknittert aussehen.

Es gibt einige durchaus umfassende Bücher, die in den letzten Jahren zum Thema Krawattenknoten veröffentlicht wurden. Ein maßgeblicher Band mit dem Titel *85 Ways to Tie a Tie* (etwa: 85 Möglichkeiten, den Binder zu binden) von Thomas Fink und Yong Mao rühmt sich, wie im Titel versprochen, mehr als fünfundachtzig Knoten zu kennen – darunter auch den Cavendish-Knoten, den Hannoveraner und den Dovorian. Wer also sein Knoten-Repertoire erweitern möchte, tut gut daran, diesen handlichen kleinen Band anzuschaffen.

Und zuletzt eine Bitte: Die eigene Vorliebe für eine bestimmte sportliche Institution, Urlaubsreisen oder Cartoonfiguren sollte man nicht auf Krawatten festhalten, genauso wenig wie ich zu fraktalen Designs oder Batikmustern raten möchte. Allen, die meinen, es sei nichts Schlimmes dabei, eine Krawatte mit der Strukturformel von Vitamin A zu tragen, sei hiermit gesagt: Es ist schlimm. Bitte lassen Sie's. Es ist so – ach, lassen Sie's einfach.

ENG UND HOCH

oder: Eine Einführung in die Welt des Abnehmens

Es war ein seltener und glorreicher Anblick: Ein bescheiden gekleideter Mann mittleren Alters stand während des Berufsverkehrs an einer Straßenecke in Manhattan und trug einen ABNEHMBAREN KRAGEN (Abb. 11). Die meisten der geplagten Mitbürger hätten dieses unauffällige Detail gar nicht bemerkt, aber für uns, die wir auf solche Dinge achten, hätte der Kerl genauso gut eine päpstliche Mitra tragen können.

Der abnehmbare Kragen wurde 1827 von einer unverfroren faulen Dame namens Mrs. Hannah Montague in Troy, New York, erfunden, die sich die Mühsal ersparen wollte, ein ganzes Hemd waschen zu müssen. Für immer. Der abnehmbare Kragen erfreute sich etwa ein Jahrhundert lang großer Beliebtheit; er wurde aus heftig gestärk-tem Tuch, Linen (Leinen, das auf dünne Pappe aufgebracht wurde) oder Zelluloid gefertigt; einige haben bis heute überdauert und sind für wenig Geld zu haben (ich persönlich habe immer mit Kragen aus Birkenrinde geliebäugelt, aber da mag ich in der Minderheit sein). In Iowa hat eine charmante ältere Dame die letzte noch funktionstüchtige Mangel für Kragen in Betrieb und nimmt telefonische Bestellungen in einem sehr entspannten (lies: glazialen) Tempo entgegen. Es gibt auch in England noch Wäschereien, die sich auf diese verloren gegangene Kunst spezialisiert haben und die runde Form der Kragen erhalten, während sie sie waschen, stärken und auf Hochglanz polieren.

Mein Schneider hat mir einen Kragen nach meinen eigenen Entwürfen gefertigt (a). Nebenstehend findet der geneigte Leser das

ABB. 11

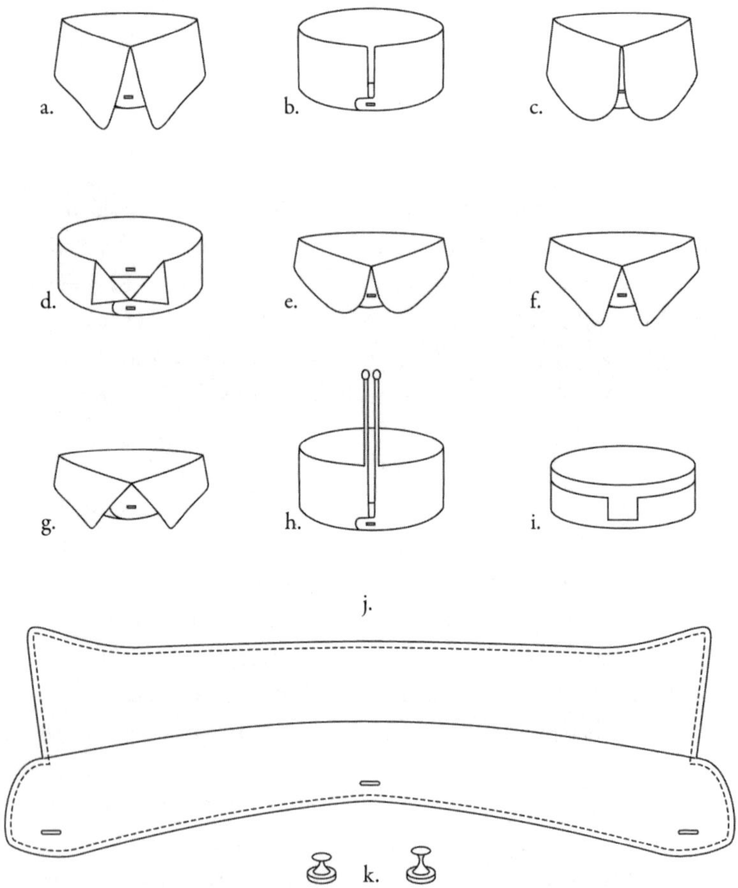

(Abb. 11) KEHLKOPFKORSETTS: *a) Whimsys Extravaganz; b) Kaiserkragen; c) Hochkragen; d) Kläppchenkragen; e) Perry-Klappkragen; f) Vandyck-Klappkragen; g) Cutaway-Kragen; h) Aromatherapie; i) Romatherapie; j) Whimsys Extravaganz (Schnittmuster); k) Kragenknöpfe*

Schnittmuster (j), das der nächste Kandidat für ein Schleudertrauma gern als Ausgangspunkt für seinen eigenen Entwurf nehmen kann. Solltet ihr, werte Leser, diese Möglichkeit wählen, ist darauf zu achten, das Tuch des Kragens in Stoff, Farbton und Prägung auf das des kragenlosen Hemdes abzustimmen, auf dass das eine mit dem anderen harmoniere.

Abnehmbare Kragen können der Garderobe eine ungewöhnliche, sehr distinguierte Note verleihen; wie ein Alabastersockel für das Haupt – und vermutlich auch passendes Fundament für den Haarschnitt – verschaffen sie der gesamten äußeren Erscheinung eine spielerisch-stattliche Anmutung.

DAS HANDGELENK MIT EINBLICK

oder: Wie man die Köder eines guten Stils einsetzt

Der dreihundertjährige Würgegriff der Manschettenknöpfe um aufgerüschte Ärmelaufschläge hat uns manschettentechnisch eher auf der mageren Seite zurückgelassen; heute sind die Manschettenknöpfe selbst der Putz. Manschettenknöpfe gibt es in allen erdenklichen Formen und Materialien: edle Steine und Metalle, farbiges Glas, seltene Hölzer, Emaille, Porzellan und Elfenbein. Der Herr des Hauses hat schon Manschettenknöpfe in Form von Lamas (aus Jade), Speerfischaugen (aus Glas) und Eisvögeln (aus Elfenbein) gesehen – sogar Exemplare aus den Kieferknochen von Ratten.

Form, Material und Farbe sind natürlich die offensichtlichsten Kriterien, wenn man ein Paar zum Anzug wählt. Man sollte vorrangig auf Krawatten- und Hemdfarbe Bezug nehmen, aber auch die Uhr oder das Einstecktuch können bei der Auswahl eine Rolle spielen. Wie der Knopf mit der Manschette interagiert, gilt es ebenfalls zu bedenken: Wird er das Licht spiegeln (f) oder sich dem Hemd anpassen (g)? Wird er schweigen, bis er angesprochen wird (b), oder den ganzen Whisky trinken und den Handyempfang stören (e)? Wird er anmutig die ihm zufallende Bewunderung annehmen (a) oder dreist seine Rute auswerfen (h)?

Ein Anzug ohne die Akzente, für die er gemacht wurde (Manschetten, Knopflochblumen, Einstecktücher), strahlt freudlose Langeweile aus statt Eleganz. Manschettenknöpfe sind natürlich nicht das einzige Mittel, um dieser Freudlosigkeit entgegenzuwirken und die Ärmel zu dekorieren. Für den wahren Ritter des roten Teppichs

ABB. 12

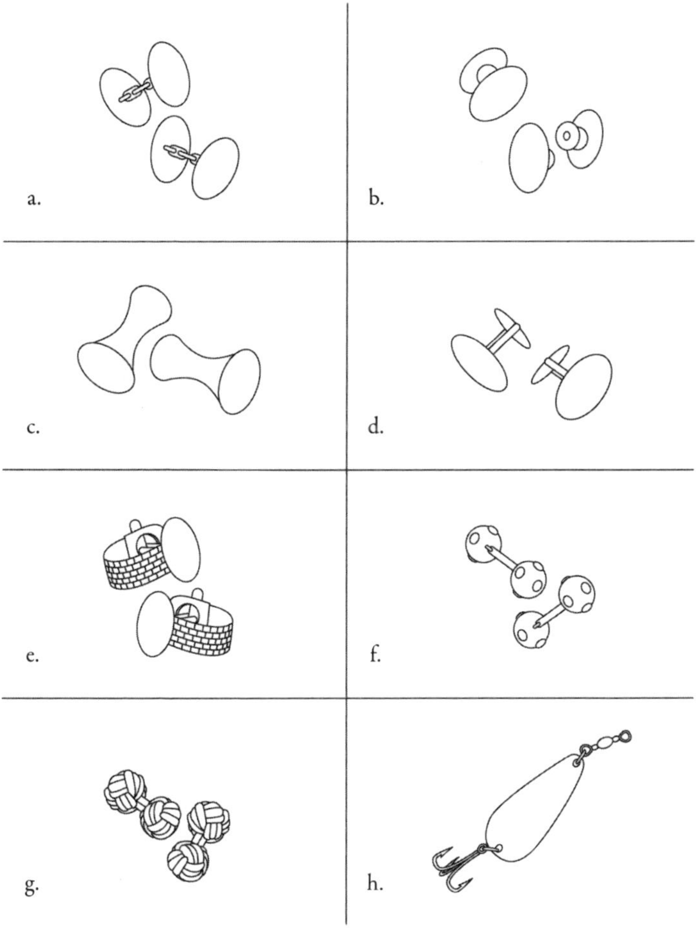

(Abb. 12) IM REICH DER MANSCHETTEN: *a) Wendeknöpfe mit Kettenglied; b) Druck-Manschettenknöpfe; c) Knebel zum Durchstecken; d) mit Klappverschluss; e) mit Klappverschluss und Gitterband; f) Manschettenknöpfe aus Muranoglas; g) der Klassiker mit Seidenknoten; h) Eleganz mit anderen Mitteln*

sind die eintönigen 08 / 15-Knöpfe, die man gemeinhin an der durchschnittlichen Sportmanschette vorfindet, nur ein höchst farbloser Ersatz für den Glanz der ausgefallenen alten Knöpfe, die es in Perlmutt, Silber, Jade, Holz, Knochen, farbigem Emaille, Bakelit und sogar Zelluloid gibt. Chinesische Münzen, tschechisches Glas aus dem 19. Jahrhundert und Seepferdchen aus Porzellan haben allen eher öden Ärmelaufschlägen den richtigen Pfiff gegeben. Selbst Büroklammern, Twistbänder oder Heftklammern, welche die Ärmelaufschläge von abgerissenen Freigängern stabilisieren, haben mehr kreatives Potential und brauchen mehr ästhetischen Einfallsreichtum als diese alltäglichen Knöpfe. Schlagt ihnen die Köpfe ab!

SEIDE AM NIPPEL

oder: Eine Einführung in die Wonnen des Einstecktuchs für den jungen Gentleman

Einstecktücher und Stofftaschentücher sind eine helle Freude für den Gentleman, sorgen sie doch für eine Vielfalt in Form und Spiel, die man sonst in der männlichen Garderobe schwerlich finden wird. Wie ich es liebe, in der schieren Fülle von Seide, Leinen und Baumwolle zu schwelgen, die man in gehobenen Etablissements findet, wo die Auslagen einem wohlangelegten Hofgarten ähneln! Diese Farben! Diese Muster! Ja, selbst die Saumstickereien und unterschiedlichen Stärken der Stoffe können einen berauschen.

Um dieser vernachlässigten Kunst die gebührende Aufmerksamkeit zu verschaffen, wende sich der geneigte Leser der umseitigen Aufstellung (Abb. 13) zu, die einige der klassischen Falttechniken für Einstecktücher aufzeigt. Ich war so frei, diese Techniken in vier Familien zu gliedern, um dem Leser ihre Beschaffenheit verständlicher zu machen, ohne dass er sich mit den ermüdenden Einzelheiten der jeweiligen Faltschritte abgeben muss, die man andernorts gerne findet.

Die erste dieser Familien, die GEFALZTEN (a, b, c), erkennt man an ihren properen, klar definierten Konturen und einer unbedingten Akkuratesse, die man erreicht, indem man die Falten bis kurz vor dem Entflammen bügelt. Nicht die geringste Kleinigkeit ist bei dieser Faltung dem Zufall überlassen, was dem gesamten Auftritt des Tuchträgers eine gewisse Bestimmtheit verleiht. Für den TRIPEL-GIPFEL (a) und den CAGNEY (b) wird eine glatte Oberfläche benötigt, um das Tuchquadrat diagonal in aufeinanderfolgende, leicht versetzte Dreiecksgipfel zu falten. Die Ecken werden hintereinander gelegt, und

ABB. 13

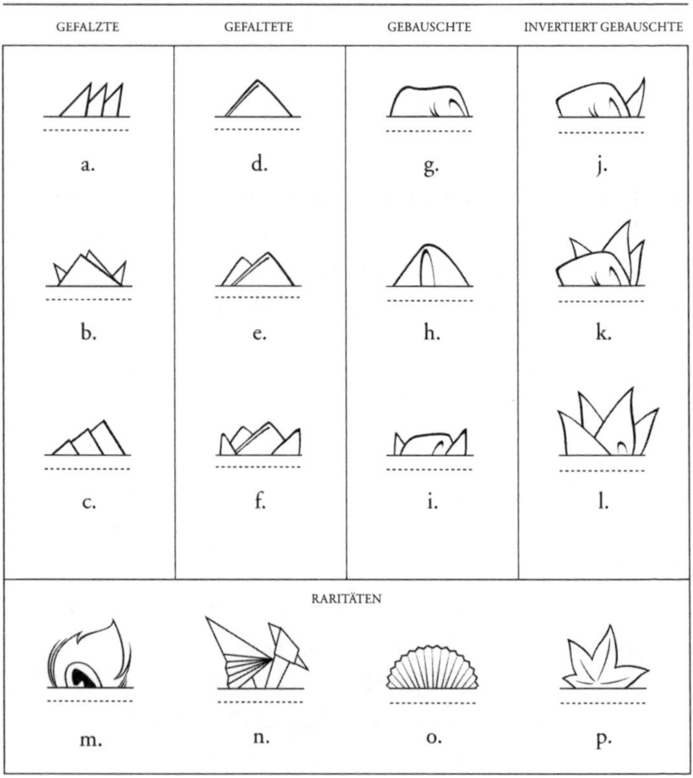

(Abb. 13) EINE TASCHEN-MENAGERIE: *a) der Tripel-Gipfel; b) der »Cagney«; c) die Titanic-Muschel; d) der einsame Gipfel; e) der Doppelgipfel; f) die Alpen-Faltung; g) der Bausch; h) der geflügelte Bausch; i) der »Astaire«; j) der »Bausch und Woge«; k) der semi-invertierte Bausch; l) der invertierte Bausch; m) Pfauenfeder; n) Origami; o) halbrund geschnittene Ziehharmonika-Faltung oder Teil eines Papierfächers; p) Herbstlaub*

dann wird das Tuch in der Mitte umgefaltet, um es der Brusttasche anzupassen. Für die TITANIC-MUSCHEL (c) werden diagonale Plisseefalten ins Tuch gebügelt, das dann ebenfalls umgefaltet wird, bevor man es – mit den Faltenecken sichtbar – in die Brusttasche steckt. Es ist selbstredend essentiell, jede einzelne Falte zu bügeln, um dem Ganzen die rechte Frische und Akkuratesse zu geben.

Die zweite Spalte zeigt die GEFALTETEN (d, e, f), ein wenig weicher in den Umrissen, aber immer noch sorgsam gefaltet. Die gefalteten Tücher sind für maßvolle Auftritte geeignet, bei denen man eine vornehme Zurückhaltung an den Tag legen möchte, in der Faltung konventionell, aber eine Wohltat fürs Auge. Anders als die diagonal Gefalzten, viertelt man hier zuvörderst das Tuch in ein kleineres Quadrat, aus dem dann ein Dreieck gefaltet wird, dessen Hypotenusen-Enden noch einmal umgelegt werden, um es in die Brusttasche stecken zu können. Der DOPPELGIPFEL (e) wird erreicht, wenn die Falten des Quadrats nicht ganz exakt sind; nur dann wird der zweite Zacken sichtbar. Die ALPEN-Faltung (f) gleicht der des Cagney, aber da sie nicht gebügelt wird, wirkt sie viel weniger aggressiv.

Die dritte Spalte zeigt die GEBAUSCHTEN (g, h, i), deutlich unkonventioneller und legerer als die beiden ersten Familien. Gemeinhin wird das gebauschte Einstecktuch, wie der Name schon sagt, nicht gefaltet; vielmehr wird es durch Aufschütteln und Zupfen in Form gebracht. Locker und wogend, verleiht das gebauschte Tuch dem Träger eine zugängliche, freundliche Aura und ist so der ideale Begleiter bei neuen Bekanntschaften und für andere Gelegenheiten, bei denen man sich unters Volk mischt. Man beginnt mit einem ungefalteten Tuchquadrat, das mit nach unten hängenden Zipfeln in der Mitte gehalten wird. Die hängenden Enden werden dann hinter dem »Bausch« zusammengefasst und gemeinsam mit diesem in die Brusttasche gesteckt. Schließlich wird das Ganze nach Geschmack zurechtgezupft, wobei ab und an auch die Zipfel in den Vordergrund gerückt werden dürfen. Der GEFLÜGELTE BAUSCH (h) wird sogar erst einmal diagonal gefaltet, bevor man die Zipfel zu einer »Kapuze« anordnet. Aus der Brusttasche lugt dann nur noch das obere Ende dieser Kapuze hervor.

Die vierte Familie sind die fidelen, duftig-blumigen INVERTIERT GEBAUSCHTEN (j, k, l), die mir selbst als einigermaßen fidelem Extrovertierten besonders lieb und teuer sind. Diese ins Auge fallende Art verlangt einen gebührenden Einfallsreichtum und eignet sich vortrefflich für den Mann mit Tendenz zum Pfauenartigen. Für invertiert gebauschte Tücher wird der klassische Bausch umgekehrt: Die Zipfel zeigen nach oben, und die Mitte des Tuchs wird in die Brusttasche gesteckt. Wem der Sinn danach steht, der kann auch Bausch und Zipfel zur Geltung bringen, wie es im ASTAIRE (i), im BAUSCH UND WOGE (j) und im SEMI-INVERTIERTEN BAUSCH (k) zu sehen ist. Der geneigte Leser wird ermutigt, ganz nach seiner Façon Variationen all dieser Faltungen zu ersinnen.

Zu guter Letzt wollen wir die Möglichkeiten jenseits von Samt und Seide mit einem Assortiment von Raritäten erproben, für all jene Wagemutigen, die auf neuen Pfaden wandeln können, ohne zu stolpern: Federn, farbenfrohes Herbstlaub und selbst manche Muschel sind faszinierende Alternativen für denjenigen, der ein wenig Natur in seinen Putz bringen will. Auch Origami aus handgeschöpftem, exotischem oder anderem ungewöhnlichen Papier birgt eine ganze Kollektion von Themen und Formen; ja, vielleicht kann auch ein ungewöhnlich zugeschnittener orientalischer Papierfächer lebhafte Akzente setzen.

Wen all diese Möglichkeiten kaltlassen, der mag vielleicht textiles »Strandgut« in imposante Einstecktücher verwandeln: Blusen, Kleider und abgelegte Krawatten eignen sich vortrefflich zu diesem Zwecke. Besonders ungewöhnliche Faltungen erreicht man bei diesen Stoffen, wenn man sie kreisförmig oder dreieckig zurechtschneidet.

Es ist wahrhaft erstaunlich, wie die Farben, Muster und Faltungen eines Einstecktuchs die Handschrift der gesamten Garderobe prägen können. Das Einstecktuch ist das Element, das einen sonst vielleicht schalen Auftritt auflädt, lebendig macht; es hebt die Untertöne in der Garderobe hervor, lässt die weniger offensichtlichen Farben, Muster oder Stoffe eines Schlipses, eines Hemds oder Jacketts hervortreten. Ja, das Einstecktuch macht den Auftritt erst komplett; ohne ist man nicht vollständig gekleidet.

NB: Das Einstecktuch sollte niemals passend zur Krawatte gewählt werden; das ist nicht nur von einer vernichtenden Banalität und entsetzlich einfallslos, nein, es zeugt auch von einem schwerfälligen Geist und einer fühllosen Gleichgültigkeit gegenüber den kleinen Beglückungen des Lebens. Eine Schande!

Ich hoffe, ich habe die Neugierde des auf Stil bedachten Lesers gebührend geweckt; möge der glorreiche Tag kommen, an dem wieder aus jeder Brusttasche Nippel-Wimpel wehen.

DAS GRÜNENDE REVERS

oder: Wie man ein Flaggenträger Arkadiens wird

Bei Lichte betrachtet ist die Knopflochblume nicht nur Dekoration fürs Revers: Indem man etwas Lebendiges an seine Brust nimmt, das Jahrmillionen gebraucht hat, um zu dem zu werden, was es ist, bezeugt man Bündnistreue zur Natur mit ihren fragilen und aufwendig hervorgebrachten Geschöpfen.

Vor dem Ersten Weltkrieg gehörte die Knopflochblume (Abb. 14) gewissermaßen zum Inventar der Herrengarderobe; viele der maßgeschneiderten Anzüge aus der Savile Row werden sogar heute noch mit einem kleinen Riemen unter dem Knopfloch im Revers hergestellt, der den Stängel der Blüte fixieren soll. Aber, ach! die Knopflochblume hat an Geltung verloren, und nur selten sieht man sie heute noch; so selten, dass es als gewagt gilt, sie zu tragen. Ja, mancher Arbeitgeber würde vermutlich seine Stirn in Falten legen ob einer solch kühnen Geste. Kleine Liebhabereien in der Garderobe – wie eine Knopflochblume – scheinen der Mitwelt eine übermäßige Neigung zum Müßiggang zu suggerieren (ob zu Recht oder nicht, sei dahingestellt); etliche glauben gar, derjenige stünde über, neben oder unter dem alltäglichen Überlebenskampf, sei weder Fisch noch Fleisch – er ist Gegenstand der Neugierde, ein »verdächtiges Subjekt«. Begierig, mehr zu erfahren? Dann lest weiter, geneigte Leser!

Standards wie Rosen, Nelken, Inka-Lilien, Freesien, Gardenien, Zimmerkalla (i) und Gänseblümchen sind ausnahmslos wunderbare Knopflochblumen und verfügen über ein langjährig gültiges Vokabular, das der moderne Anwender beachten mag oder nicht (Knopf-

ABB. 14

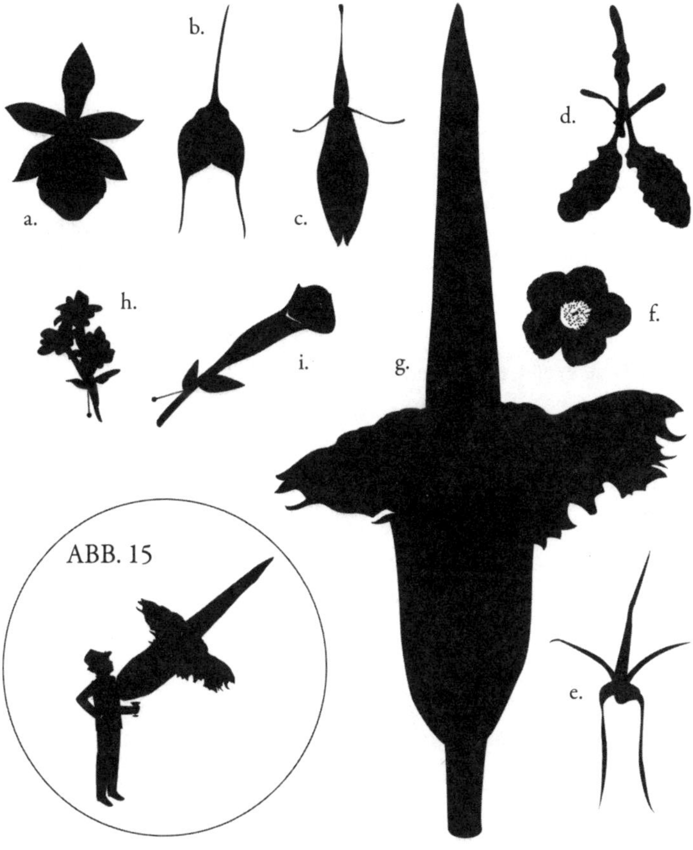

(Abb. 14) ORCHIDEEN UND BLUMEN (MIT GATTUNGSNAMEN ODER DER BEZEICHNUNG IM VOLKSMUND): *a) Miltonia-; b) Masdevallia-; c) Restrepia-; d) Renanthera-; e) Brassia-Orchidee; f) Franklinie; g) Titanenwurz; h) Parma-Veilchen; i) Zimmerkalla*

(Abb. 15) DER TRIUMPH FEHLGELEITETER BEGEISTERUNG

lochblumen sind keine Angebinde nach dem Motto »Lasst Blumen sprechen«). Sollten diese Möglichkeiten nicht überzeugen, stehen zahllose andere Kandidaten neben den altbewährten parat: eine besonders wohlriechende Wahl sind Parma-Veilchen (h), die Oscar Wilde und die »lila Gefahr« berühmt gemacht haben. Gerbera und Kamelien können mit ihren großen, farbenprächtigen und wohlgestalteten Köpfen dem Ganzen einen verspielten, leicht erheiternden Anstrich geben; eine ausnehmend imposante Art ist die seltsame, kunstvolle Passionsblume *(Passiflora)*, die wie eine Kreuzung aus Veilchen, Fahrradspeichen und Taschenuhr aussieht. Eine Ergänzung zu den etwas überreizten Passionsblumen bilden die eleganten Orchideenarten (a, b, c, d, e); sie sind am Revers spektakulär – nicht nur ihrer hinreißenden Farben, sondern auch der augenfälligen Gestalt wegen. Eine Orchidee braucht kaum Begleitmusik, ihre Eleganz kommt am besten zur Geltung, wenn man sie schlicht präsentiert.

Womöglich sollte ich den geneigten Leser darauf aufmerksam machen, dass sich nicht alle Blumen fürs Knopfloch eignen, wenn man sie schneidet und dann für endlose Stunden im Knopfloch oder anderweitig feststeckt. Etliche hohlstielige Zwiebelpflanzen à la Tulpe, Iris und Narzisse neigen dazu, schnell zu welken und nach dem Schneiden zu »bluten« und sind schon deshalb eher nicht die erste Wahl. Allerdings lässt sich die Lebenserwartung durchaus erhöhen, indem man eine Miniaturvase oder ein Reagenzglas unter dem Revers befestigt.

Auch vor extremen Temperaturen und rauer Witterung muss man warnen: Sie können verheerende Schäden anrichten; ja, auch zivilisationsbedingtes Unbill kann zum verfrühten Ableben einer Blume beitragen. Bei einer Gelegenheit in New York habe ich einmal an einem Abend drei Blumen verprasst (dem Himmel sei Dank für die floralen Arrangements im Restaurant).

Widerstandsfähige Wildblumen können ebenfalls eine prächtige Ergänzung fürs Revers bilden; wie oft habe ich schon am Wegesrand gehalten und eine Blüte für eine Abendgesellschaft gebrochen. Allerdings sollte man sich womöglich in der Bestimmung von Wildpflanzen kundig machen, um nicht unversehens als Heuschnupfenspender auf einer Party aufzutauchen. Oder, eine weitere wunderbare Möglichkeit: Man legt sein eigenes Knopflochblumenbeet an; es gibt nichts Herrlicheres, als an einem lauen Sommerabend nach dem Ankleiden in den Garten hinauszugehen und sich eine Begleiterin für den Abend auszusuchen.

Überwältigend ist jedes Jahr aufs Neue das Privileg, die seltene und sagenhafte Franklinie *(Franklinia alatamaha)* an mein Revers zu heften. Franklinien (f), nach Franklin selbst benannt, gehören zu den Teebaumsträuchern, buschigen Bäumen mit gestreifter Rinde, weißen, süß duftenden Blüten, die an Magnolien erinnern, und langen, schlanken Blättern, die sich strahlend rot verfärben, wenn der Baum im späten Sommer blüht. Seit 1803 kommen sie nur noch in ihrer kultivierten Form vor; ein Botaniker namens William Bartram hatte die letzten wildwachsenden ihrer Art in den Auwäldern der Küste Georgias entdeckt. Seither gibt es sie nur noch in Privatgärten und Parks, und die einigen Tausend, die heute noch existieren, stammen alle von den Samen und Setzlingen ab, die Bartram gerettet und gezüchtet hat. Es sind recht empfindliche Pflanzen und dafür bekannt, dass sie schwer zu züchten sind; aber sie scheinen sich dort, wo ich lebe, guter Gesundheit zu erfreuen und den sandigen, durchlässigen Boden zu mögen. Einige liebenswürdige Menschen in meiner Umgebung, die robuste Exemplare in ihren Gärten zu halten vermögen, sind so freundlich, mir zur gegebenen Zeit zu gestatten, die eine oder andere Blüte zu brechen. Zugegeben, sie halten nicht allzu lang am Revers, aber es ist eine helle Freude, eine solche Seltenheit zu tragen.

Für die abenteuerlustigsten Knopflochblumenträger unter uns wird die größte Herausforderung in den größten Blüten der Welt liegen: die Titanenwurz (g) oder Bunga Bangkai *(Amorphophallus titanum)*, und die gepunktete, elefantenohrige Riesenrafflesie *(Rafflesia arnoldii)*, die beide aus dem Dschungel Indonesiens stammen. Mit dem zwei Meter hohen Kolben der Titanenwurz und der einen Meter breiten Blüte der Rafflesie würde man mit Sicherheit Eindruck beim Gastgeber hinterlassen – allerdings bräuchte man gegebenenfalls einen Schulterriemen (Abb. 15). Sicher gilt auch hier: *Fortis fortuna adiuvat,* wer wagt, gewinnt; allerdings müssen wir den Leser warnen, dass beide Gattungen einen Gestank nach verrottendem Fleisch absondern, der einem das Hirn erstarren lässt; der Empfang auf einer Dinner-Party dürfte gemischt ausfallen (nun ja, es sei denn, die Party steigt in Bayonne).

Und wer mit ausreichend Fantasie gesegnet ist, wird die Grenze nicht bei Blumen ziehen (Abb. 16): Kunstvoll arrangierte Blätter (e) oder andere Pflanzenteile wie Zapfen, Eicheln, Samen und Keimlinge (i) eignen sich hervorragend, um einen ästhetischen Effekt zu erzielen. Der russische Konstruktivist und Designer El Lizzitsky trug Radieschen (a) am Revers, wenn er ins Kaffeehaus ging (als Provokation gegen Radieschen-Hasser, vermute ich). Für diejenigen unter uns, die gern tollkühne Verbindungen eingehen, könnte ein epiphytischer Luftwurzler der Gattung *Tillandsia* (f) eine interessante Wahl sein. Tillandsien sind spinnenartige, weitgehend wurzellose Pflanzen, die durch Saugschuppen Wasser und Mineralien aus der Luft aufnehmen; man könnte eine Tillandsie also bei entsprechender Pflege als Dauerbewohner am Revers tragen und so über die Zeit hinweg ein symbiotisches Verhältnis mit ihr eingehen.

Und wir müssen längst nicht bei ungewöhnlichen Pflanzen haltmachen, denn die See hält in ihren dunklen, brackigen Tiefen wundervolle Zierden bereit: einige der schönsten und filigransten Muscheln sind die Venuskammschnecke, *Murex pecten* (d) und die anmutige Feigenmuschel, *Ficus gracilis* (b). Neptuns Gärten halten viele andere einzigartige Gebilde bereit, so die Eihüllen von Haien und Rochen (h)

ABB. 16

(Abb. 16) WENIGER FLORALE KNOPFLOCHBLUMEN: *a) Radieschen; b) Feigenmuschel; c) Turmschnecke; d) Venuskammschnecke; e) Ginkgoblatt; f) Tillandsie; g) Papierboot; h) Eihülle eines Rochen; i) Kapselfrucht des Amberbaums*

und die Papierboote (*argonautae nodosae,* g), die zwar sehr leicht und tatsächlich papieren wirken, aber stabil sind. Man kann sich gut vorstellen, wie hübsch frische grüne Blätter aussehen, die aus den Schnecken hervorwachsen und dabei an die Fühler der ursprünglichen Bewohner erinnern. Andere Einschaler wie Porzellanschnecken und Turmschnecken (c) haben hinreißende Maserungen oder Formen und können fabelhaft als elegante Blümchenvasen dienen.

Ja, sogar lebende Kreaturen sind denkbar: Vermutlich ließe sich ein Weg finden, mit einem sehr dünnen Faden einen lebenden weiblichen Nachtfalter ans Revers zu heften. Nachts verströmen die Mottenweibchen mächtige Pheromone, die die Männchen anlocken – die Gäste auf einem Gartenfest würden gewiss große Augen machen, wenn man in einer Wolke Unzucht treibender Falter wandelte!

Wer nur ungern für einen Motten-Zuhälter gehalten wird, kann selbstverständlich bei den altgedienten Kandidaten bleiben, die sich je nach Anlass variieren lassen. So wird der Herr auf einer informellen Spritztour besser eine schlichte Blüte ins Knopfloch stecken, als sich gleich einen geschmückten Festwagen ans Revers zu heften, aus dem Ziergrün und Schleierkraut quellen. Diese üppigen Arrangements aus Grünzeug mögen bei Hochzeiten angemessen sein, aber zu anderen Gelegenheiten ist sogar eine Titanenwurz die klügere Wahl als eins dieser geschmacklosen Abschlussball-Bouquets.

Wir sollten in jedem Fall die Rolle der Gespielinnen der Natur ernst nehmen und immer wieder innehalten, um uns der schmerzlich ergreifenden Lektion bewusst zu werden, die uns die Blüten über unsere eigene Schönheit und Vergänglichkeit vermitteln – denn natürlich sind sie das Alpha und das Omega all jener Dinge, die wir wissen müssen auf dieser Welt.

IM MANNESALTER ANGEKOMMEN

oder: Die korrekte Pflege der Gesichtshaartracht

Des Mannes Bart, Mirakel des mandibularen Formschnitts und seit Urzeiten Quell der Männlichkeit, ist das Pendant zu des Hirsches Geweih oder des Löwen Mähne – kennzeichnet er doch den Übertritt des Trägers vom milchtrinkenden Welpen zum ausgewachsenen Männchen seiner Spezies. Als solcher ist der Bart von ausnehmendem Interesse für das schönere Geschlecht, insbesondere die Art und Weise, wie er gekämmt, getrimmt, parfümiert und gepflegt wird.

Falls sich eure Rasierfrequenz also erhöht haben sollte und zum täglichen Ritual geworden ist, entbiete ich meine Glückwünsche! Manche Veränderungen der männlichen Physis werden dem jungen Gentleman eher unangenehm sein; doch dankenswerterweise hat die Zivilisation diejenigen, die das Tor der Reife durchschreiten, mit der Befähigung zur Körperpflege bedacht, auf dass sie die Gabe der Mannwerdung nicht zu einer virilen Wucherung verkommen lassen – was die Aussichten des jungen Mannes auf ein Fortkommen in der Gesellschaft denn auch erheblich schmälern würde. Der Gentleman von Ansehen und Anstand wird seine weniger ansprechenden olfaktorischen Absonderungen immer zu unterdrücken wissen und stattdessen seine Barttracht als effektvollen Zerstäuber für die ihm zur Verfügung stehende Bandbreite an Parfümen und Duftölen nutzen.

Mit Betrübnis sehe ich zahlreiche junge Männer, die auf ihren Gesichtern Brachlandschaften entstehen lassen und die Insignien stolzer Mannhaftigkeit – Klinge, Wachs und Schere – erst noch beherrschen

ABB. 17

(Abb. 17) NACH HAARIGKEIT GEORDNET: *a) Koteletten; b) Captain-Kirk-Koteletten; c) Josephine-Baker-Bart; d) der Poirot; e) Kinngardine oder der Jock O'Paddy; f) Wittelsbacher; g) Anker; h) à la Souvarov; i) der Dalí; j) kaiserlicher Schnauzer; k) Backenbart; l) der Musketier; m) der Napoleon III; n) Backenschnauzbart; o) der Balbo-Bart; p) Ziegenbart; q) der Hulihee (hawaiianisch für: kehr um und flieh); r) der akkurate Vollbart; s) der Van Dyck; t) der French-Fork-Vollbart*

lernen müssen. Etliche unter ihnen erreichen das Zeugungsalter nicht, weil ihre eigensinnigen Barthaare sich in allen erdenklichen Hindernissen verfangen: Türpfosten, Zäune, Angelläden etc. Es mag die natürliche Selektion sein, die da am Werke ist, aber es bleibt ein grauenhafter Anblick. Im Interesse der Verbreitung meiner Spezies stelle ich daher die nebenstehende Tabelle zur Verfügung, voll der Hoffnung, dass die jungen Löwen unter uns sich in Sachen Mannwerdung den Anschein von Ordnung geben mögen.

DIE SCHLINGEN DES SCHWERENÖTERS

oder: »Sag es durch die Bändel« – Handreichung für den jungen Herzensbrecher

Etliche unter uns sind mit der althergebrachten Symbolik und Sprache der Blumen und Fächer vertraut, aber die wenigsten kennen die geheimen Botschaften, die sich im sogenannten Obermaterial Leder verstecken; sie wissen nicht, wie man sich ihrer bedient, um rehäugigen Audrey-Hepburn-Verschnitten und gertenschlanken Luftgeistern seine (nicht immer ehrenhaften) Absichten deutlich zu machen – auch wenn diese aufgeweckten Objekte der Begierde ein verliebtes Grinsen womöglich auch so zu deuten wissen. Um es den stummen Tollpatschen zu erleichtern, holden Schönheiten mit tiefen Einblicken den Hof zu machen, habe ich das nebenstehende Schaubild der meistgenutzten Bändel-Tändeleien (Abb. 18) ausgearbeitet. Der Neuling wird schnell herausfinden, dass diese Sprache – in Kombination mit leichten Grimassen – ein breites Spektrum an Feinheiten erlaubt.

Natürlich entsteht fortwährend neues Vokabular, aber diese kleine Auswahl an Schnürsenkel-Semaphoren könnte ein guter Anfang sein, wenn man im erstickenden Spitzendeckchenheim einer Pastorentochter voller Lust und Offenherzigkeit das Ausmaß seiner Satyriasis signalisieren möchte.

ABB. 18

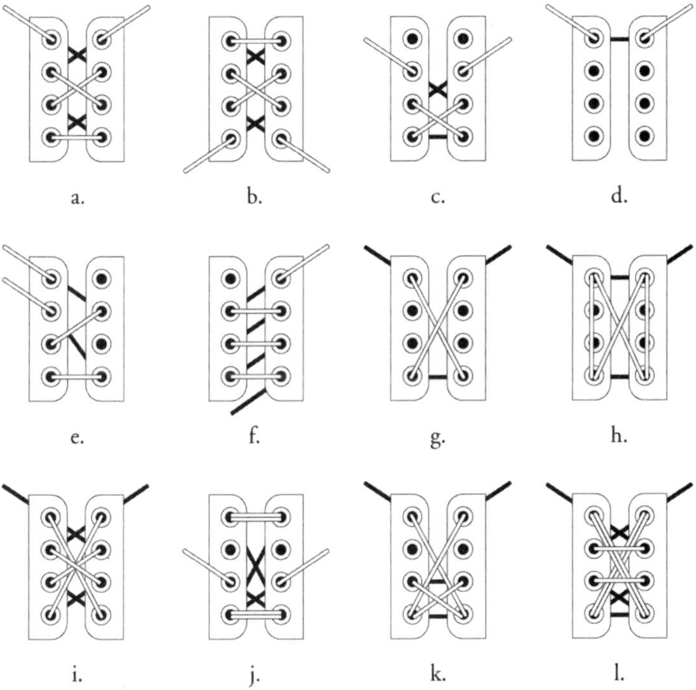

(Abb. 18) SAG ES DURCH DIE BÄNDEL: *a) »Ich hab keinen blassen Schimmer«; b) »Meine Freundin bindet sie mir« ; c) »Ich ermüde recht schnell«; d) »Bin nicht an was Festem interessiert«; e) »Ich lege keinen großen Wert auf so Sachen wie Schuhe«; f) »Ich hänge immer noch meiner Ex nach«; g) »Du bist die Mae West der Zehenspalten«; h) »Immerhin sind in meiner Familie keine Trinker«; i) »Ich bezweifle stark, dass dein momentaner Schwarm ein solches Kunststück mit seinen Schnürsenkeln vollbringen kann«; j) »Hast du noch eine ein bisschen hübschere Schwester?«; k) »Sapperlot, ich bin geil wie ein Ziegenbock«; l) »Schau nicht hin, mein Täubchen – denn ich leide unter vesuvartigen Flatulenzen«*

ÜBER DIE TÜCKEN DER SPORTBEKLEIDUNG

oder: Ein ganzes Arsenal an unwiderlegbaren üblen Vorahnungen betreffs eines schlurfenden Volkes und dessen schädliche Auswirkungen auf die Pflege einer Zivilgesellschaft; inklusive einer Fünfpunkte-» Typwa«, die unserem Land vielleicht die Scham erspart, von diesem GLEICHMACHER-Effekt weichgespült zu werden

Werte Leser, haltet mich nicht für undankbar, aber ich fürchte, ich muss nun auf ein Thema zu sprechen kommen, das etliche von uns schon lange bedrückt. Wir alle haben es mit eigenen Augen auf den Straßen gesehen: diese Individuen – ich wage nicht, sie »Menschen« zu nennen –, die durch ihre Kleidung eine schwammige Haltung ohne Anmut einnehmen, mit der sie dann missmutig durch die Kleinstädte und Metropolen unseres Landes schlurfen. Als wolle man den Träger mit so viel merkantiler Vulgarität wie nur menschenmöglich imprägnieren, scheinen auf jedem kleinsten Fleck der Kleidung dieser Kreaturen die Anliegen irgendeines Sportausstatters zu prangen. Es gab Zeiten, in denen bei jedermann ein einigermaßen ansprechendes Äußeres und angenehmes Auftreten vorausgesetzt wurde, aber heutzutage kann man wie ein rüpelhafter Neandertaler herumlaufen, und keine einzige Augenbraue zuckt; ja, es ist nachgerade selbstverständlich, und man wird in manchen Kreisen sogar dazu ermutigt – ich bitte doch sehr: dazu *ermutigt!*

Früher war die stolze Brust der Menschen in diesem Lande den Abzeichen von Ruhm und Ehre vorbehalten, und nun dient sie nur dem Zurschaustellen von nicht entzifferbaren Akronymen, witzlosen Maskottchen oder einem übermäßig enthusiastischen Komma. Ist dies unser unausweichliches Schicksal: eine eintönige, geschmacklose

ABB. 19

Vor der Sportbekleidung

gute Haltung

exquisite Manieren

flotter Gang

klare Umrisse

fesche Silhouette

anständig zurechtgemacht

eine Ehre für sein Land

ABB. 20

Nach der Sportbekleidung

schlechte Haltung

mürrisches Auftreten

schlurft und/oder watschelt

plumpe Silhouette

schlampig und ungepflegt

öffentliches Ärgernis

ein Verfall der Kultur

Parade von knittrigen Sweatshirts, Jogginghosen und »spacigen« Tretern, die einsam über den Schatten dicker Bäuche und unförmiger Hinterteile blinken? Sind wir tatsächlich zu einer Nation von selbstverschuldeten Pyknikern geworden; oder, wenn's beliebt, von erwachsenen Krabbelkindern?

Wenn man sich etwas umhängt, das einer tragbaren Gebärmutter gleicht, und das Wohlergehen seiner Füße in die Obhut eines leichten, bequemen Geräts gegeben hat, das speziell dazu gemacht ist, allen Belastungen standzuhalten, denen Weltklasseathleten ausgesetzt sind, wo bleibt denn dann – wenn alle anderen ebenfalls in so gemütliche Polster eingemummelt sind – der Impetus, das Äußere, das Gerüst der Gesellschaft zu erhalten, gegen das man sich so isoliert? Rutschen wir dann nur in unseren Kokons nach hüben und drüben, während draußen das Fundament unserer Republik bröckelt? Ist das menschliche Rückgrat nicht ein Geburtsrecht? Müssen wir ihm denn entsagen, indem wir es in einen aufgeplusterten Kokon aus Goretex hüllen?

Natürlich ist dies nur Symptom einer viel schlimmeren Krankheit: die allgegenwärtige Gleichmacherei der modernen Gesellschaft. Der nivellierende Effekt von Sportbekleidung fördert in der Öffentlichkeit den Mythos, dass alle Menschen gleich geschaffen sind. Wir alle wissen, dass dieser Grundsatz in der politischen Praxis gute Dienste leistet; aber auf der privaten, persönlichen Ebene ist er natürlich sentimentaler Unfug. Weshalb also werden diejenigen, die ein Minimum an gutem Geschmack, Gelehrsamkeit und *savoir faire* aufrechterhalten wollen, von zahllosen Mitmenschen wie Verdächtige behandelt? Wieso ist es ein gesellschaftliches Tabu geworden, sich so anständig wie möglich zu kleiden? Sollten wir nicht nach Höherem streben, anstatt uns in einer faden, hyperegalitären Dystopie-Brühe zu suhlen? Oder wollen wir tatsächlich klein beigeben und uns mit einer läppischen, zweitklassigen Version unserer selbst zufriedengeben?

Wenn wir uns wie die Plebejer kleiden, werden unser Herz und unser Hirn nachziehen? Um diese Frage zu beantworten, sollten wir auf die Dächer steigen und uns die Kakophonie unseres gottverlassenen Zeitalters da unten anhören: ein veritabler Proll-Bienenstock, in dem es von einkaufscentersüchtigen Horden wimmelt, die riesige Mengen von »McSchlabber«-Sandwiches und kohlensäurehaltigem Zuckerwasser vertilgen, während ihre Kuhaugen auf die letzte Episode von *Liebespfühle der Reichen und Berechenbaren* fixiert sind.

»Aber was soll man da machen?«, könnt ihr nun fragen. So seht denn meinen Fünfpunkteplan wider die Geißel der Stillosigkeit:

PUNKT 1. Pflicht-Korsetts und -Hüftgürtel für jedermann; eine anständige Haltung bringt eine aufrechte Bürgerschaft hervor.

PUNKT 2. Alle Kleidungsstücke müssen aus Holz, Leder, Metall, Baumwolle, Seide etc. gemacht sein. Keine Materialien, die für das Weltraumzeitalter erfunden wurden! Wir haben einen Blick auf die »Zukunft« geworfen, und in ihrem jetzigen Zustand ist sie greller, langweiliger und seelenloser Schund. Wir müssen die Zukunft neu denken, da ihre jetzige Vision – die mit ihrer moralischen Anspruchslosigkeit keinerlei Anstrengungen unternimmt, das Beste aus der menschlichen Natur herauszuholen – vollkommen versagt hat.

PUNKT 3. Kinnriemen und Ledergürtel für schlaffe, hängende Unterkiefer. Mandibulare Nachlässigkeit ist eine visuelle Umweltverschmutzung, der unbedingt Einhalt geboten werden muss.

PUNKT 4. Schönheit muss leiden, bequeme Kleidung wird abgeschafft. Solidarität wird über geteiltes Leid erzeugt, das unter anderem durch den staatsbürgerlichen Wunsch hervorgerufen wird, den Mitbürgern eine Augenweide zu sein. Behaglichkeit isoliert; man sollte sie als das sehen, was sie bei Lichte betrachtet ist: die Totenglocke einer jeden Nation.

PUNKT 5. Echte Orgien und Bacchanalien statt dieser Secondhand-Erfahrungen aus Film und Fernsehen. Nichts bringt mehr

Leben in den laschen Pöbel als die konkrete Möglichkeit zum folgenlosen Kopulieren: Auffällige Wampen werden schnell eingezogen und Mayonnaise-Flecken verschwinden von Krawatten, sobald so ein herrlich ungehöriges Treiben in Aussicht steht. Was soll es sein, Otto Normalverbraucher: zum ersten Mal seit Jahren eine willige Partnerin oder noch ein weiterer Donut mit Zuckerguss?

Die Gesundheit und das Wohlergehen einer Nation wird doch wohl einige Milliarden an öffentlichen Mitteln wert sein, die für staatlich oder städtisch organisierte Ausschweifungen zur Verfügung gestellt werden! Haben wir nichts aus der tausendjährigen Geschichte der glorreichen Gelage des griechisch-römischen Altertums gelernt? »Ein Knacker in jeder griechischen Urne« soll unser Motto sein!

Und so frage ich euch, geneigte Leser: Wer unter euch wird den Massen ein Beispiel sein? Wer unter euch wird der Held sein und sie tragen: die Wolle, die kratzt, die Seide, die würgt, und das Leder, das an den Zehen drückt? Wer wird die Säulen der Zivilisation gegen die Armada der widerlichsten Form der Fußbekleidung schützen, gegen die schwarzen Reeboks?

So lasset uns alle zum Herrenausstatter gehen, denn die Zukunft wird uns an ihren Reichtümern erst teilhaben lassen, wenn der letzte Schneider des Landes unter dem Karpaltunnelsyndrom leidet. Wenn wir tatsächlich Aristokraten der Seele sind, stehen wir in der Pflicht, auch danach auszusehen.

DAS ANKLEIDERITUAL

Ein Rezept für unanfechtbare Anmut
oder: Wie man ein Gedicht wird

Das Ankleiden ist eine Kunstform; ein feierliches Ritual, bei dem der zeitliche Ablauf und die räumliche Anordnung eine entscheidende Rolle spielen. Untenstehend findet sich eine mögliche Methode, Vollkommenheit zu erreichen:

1) Das »Herzstück« (den Körper) waschen und peelen, Körperbehaarung entfernen oder gegebenenfalls schneiden. Eine makellose Reinigung ist das Fundament, auf dem wir unsere Kathedrale der Schönheit errichten.

2) Wohlriechende Torfmasken, Aftershave, Puder und allerlei Haargel oder Pomade anwenden. Düfte auf dem Gesichts- und Haupthaar sind wesentlich für eine gepflegte Entlüftung (als wandelnde Sonette müssen wir bei unseren Begegnungen in der Öffentlichkeit so viele Sinne wie möglich ansprechen).

3) Wenn das Herzstück vollkommen getrocknet ist, den Putz für den Abend zusammenstellen. Die einzelnen Teile auslegen und ein Thema, eine visuelle Hierarchie und die Farbpalette etablieren: Anzug, Binder, Hemd, Tuch, Manschettenknöpfe und Knopflochblume sind wesentliche Bestandteile. Alle einzelnen Elemente sollten in Haptik und Farbe zusammenklingen – aber bitte keine Eintönigkeiten!

4) Nun werden Leibwäsche und Socken ausgelegt. Die richtige Passform und guter Sitz sollten sichergestellt werden. Außenstehende sollten kein Geschepper unter der Kühlerhaube bemerken.

5) Hemd, Manschettenknöpfe und Krawatte anbringen. Die Krawatte ist das Kernstück, beim Knoten also besonders viel Sorgfalt walten lassen, er sagt viel über den Träger. Da Gelegenheiten und Kragen differieren, ist ein Repertoire an Knoten von essentieller Bedeutung. (Der fortgeschrittene Gentleman mag einen persönlichen Knoten als sein Markenzeichen entwerfen, es ist dies allerdings ein heikles Unterfangen: Erfolg ist die Ausnahme und nicht die Regel.) Ein Grübchen in den Knoten drücken, es sei denn, man ist Politiker oder NASA-Mitarbeiter. Vor Beginn der nächsten Phase sich an die neue Körpertemperatur gewöhnen; dies ist besonders in den warmen Monaten von wesentlicher Bedeutung.

6) Wenn man sicher ist, dass man nicht mehr sitzen muss, können Hose und Gürtel / Hosenträger in den Vordergrund treten.

7) Auf Hochglanz polierte Schuhe anlegen.

8) Gnadenlos gebügeltes Einstecktuch in die Brusttasche des Jacketts stecken (um die Platzierung zu erleichtern, Jackett noch auf dem Bügel lassen). Sich für die zum betreffenden Abend passende Faltung entscheiden.

9) Ausgewählte Blume im Garten schneiden (Frische, Form und Farbe sind zulässige Auswahlkriterien). Nach Belieben ins Knopfloch stecken. Hinweis: Manche Lilien sind eine Wohltat fürs Auge, hinterlassen aber dauerhafte Blütenstaubflecken. Mit Bedacht schneiden!

10) Mit Sorgfalt das Jackett überziehen. Die Manschetten zurechtrücken (sie sollten auch dann noch sichtbar sein, wenn die Arme am Körper herabhängen). Für die Abendgarderobe sind Umschlagmanschetten zu wählen; Sportmanschetten sollte man tunlichst vermeiden, um nicht wie ein Bürohengst oder ein Flüchtiger aus den Wetternachrichten auszusehen. Für den Rest des Abends das Jackett anlassen und die Vorderseiten zu jeder Zeit geschlossen halten (diese Regel mag man lockern, wenn man sich setzt, sie muss aber wieder in Kraft treten, sobald man sich erhebt).

11) Die vorstehenden zehn Schritte mühelos aussehen lassen. Dem Gang, dem Gespräch und der Haltung einen Schuss Anmut hinzufügen. Kühl halten und servieren.

ZUBEREITUNGSZEIT: 3 Stunden.

ÜBER TOLERANZBEREICHE IN DER GARDEROBE

oder: Eine Studie über die Kleinstaaterei am männlichen Körper und wie sie die Wahl der Garderobe beeinflusst

Die ästhetische Geografie der Herrenbekleidung wird durch gesellschaftliche Toleranz bestimmt; der Grad der Freiheit ist abhängig von der Verortung des jeweiligen Kleidungsstücks am Körper.

Im Laufe meiner Studien habe ich etwas entdeckt, das ich das priapeische Epizentrumssyndrom getauft habe. Das Grundprinzip ist einfach: Die Nähe zum Zeugungsapparat scheint sich auf den Spielraum der gesellschaftlich akzeptablen ästhetischen Möglichkeiten auszuwirken. Ja, ich habe sogar festgestellt, dass jeder männliche Körper in ANATOMISCHE TOLERANZBEREICHE (Abb. 21) unterteilt werden kann. Farbe, Schnitt, Material und Verzierungen aller Art werden zusehends zurückhaltender, sobald man sich dem PRIAPEISCHEN EPIZENTRUM (a) nähert, das früher Heimat von Schamkapseln oder Trikots war, heute aber nicht viel mehr als das Grab für die Manneskraft ist. Ähnlich scheinen auch die historischen »Gebrauchsbereiche« der Garderobe wie Hosen, Schuhe und Handschuhe zu den konservativsten am männlichen Körper (b) zu gehören. Banker wie Bohemiens scheinen in diesen Regionen auf Konventionelles zurückzugreifen (ich las einmal einen Bericht über einen berühmten Bonvivant, der dann doch Bedenken hatte, sich eine Hose aus Korbgeflecht zu kaufen, weil er ein so gewagtes Stück selbst für einen so grellen Kerl wie sich letztlich gesellschaftlich gesehen zu teuer fand). Wenn man sie vor die Wahl stellt, würden die meisten Männer lieber ein safranfarbenes Hemd als eine safranfarbene Hose hinnehmen. Vielleicht sieht man die tiefer liegenden Extremitäten instinktiv als den Teil des Körpers, der den Menschen im Boden verankert, und ein Mann, dem ein »solides Fundament« fehlt, wird mit Argwohn betrachtet? Wie auch immer, die meisten unter uns sind sich intuitiv der Demarkationslinie (c) bewusst.

Natürlich wird diese Theorie die unausweichliche Frage nach sich ziehen: Und wie steht es dann mit Kilts? Eine legitime Frage, aber trotz des Eindrucks von modischer Libertinage existiert bei Kilts eben doch ein sehr striktes, in der Tradition verankertes Protokoll. Und wer dieses althergebrachte Protokoll missachtet (Saum etwas zu

ABB. 21

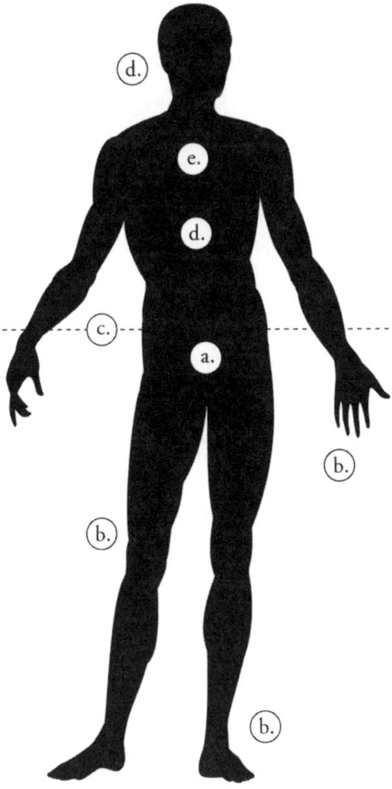

hoch über oder etwas zu tief unter dem Knie, keine lückenlos nachweisbaren schottischen Vorfahren oder generelle Erklärungsnot), wäre gut beraten, bei öffentlichem Auftreten einen Helm zu tragen.

Mehr Licht und Luft wird den Launen der Herren zuteil, wenn wir unseren Blick auf die Regionen oberhalb des Nabels richten; und in der Tat erleben wir eine recht große persönliche Ermessensfreiheit, wenn wir das Reich der Hüte, Haartracht und Hemden (d) betreten. Dieser Freiheit müssen wir aber eine Warnung an den geneigten Leser voranstellen: Man mag in diesen Bereichen durchaus Spielraum haben, muss sich aber auch im Klaren darüber sein, dass die getroffenen Entscheidungen ohne ein Fünkchen Mitgefühl beurteilt werden, sobald man sich damit in die Öffentlichkeit begibt. Ja, im Grunde genommen wird die gesellschaftliche Identität genau in diesen Bereichen hergestellt: Haar, Mantel, Sakko und Brillen sagen viel über uns aus, es sind Äußerungen, denen gründliche Überlegungen vorausgehen sollten.

Kurioserweise wird die größte Ausdrucksfreiheit im Bereich des oberen Brustkorbs (e) erreicht, der schon lange eine Fluchtburg für besonders laute Krawatten, Goldkettchen und T-Shirt-Sprüche ist (man könnte dieser Kategorie noch Manschettenknöpfe hinzufügen, wenn diese auch streng genommen dem Handgelenk zuzuordnen sind). Die Gestaltungsmöglichkeiten sind nicht viel größer als die, die man an Kopf und Rumpf haben mag, aber dieser Bereich ist offensichtlich von einem verminderten Verantwortungsgefühl für die eigenen Entscheidungen geprägt (wie viele Männer in den oberen Etagen der Gesellschaft haben wir nicht schon gesehen, die einen schlechten Kragen- und Krawattengeschmack haben?). Ich beeile mich anzufügen, dass die modische Libertinage mit der Gesellschaft variieren mag, die man pflegt.

Einige unter uns vertreten die Meinung, dass wir die Körperzonen reformieren sollten, um die unteren Gliedmaßen der Männer aus den Gefängnissen ihrer Jeansschläuche zu befreien. Ich würde dem zustimmen, aber diejenigen, die unerschrocken Unterkleider und Gemächt zur Schau stellen, sollten sich ihrer Verantwortung bewusst sein, denn der gute Geschmack, der sich dann in ihrem Tun manifestiert, wird das Beispiel sein, das andere nachahmen.

AN EINE NICHT-MAUS

Verteidigung einer vielgeschmähten Leibwäsche, des Herrenslips

Mein alter Freund war empört:
»Slips haben schon immer gestört!
Eine Shorts, die ist schick, und mein Prachtstück hat's luftig.«

Doch beim zierlichen Mann
rutscht sie hoch und dann
ist das gar nicht schick: das Profil wirkt so gruftig.

Nennt es Eitelkeit –
ich ertrage das Leid,
das die Slips der Massen erzeugen;

denn ich fühl mich fesch
in der knappen Wäsch' –
während beim Freund sich zwei Ärsche zeigen!

DER AUGENBLICK DER WAHRHEIT ODER: WIE MAN SEIN GEHÄNGE RICHTIG EINORDNET

oder auch: Wie man seinen Mannesumfang durch die ENTJUNGFERUNG des umseitigen SCHAUBILDS bestimmt und dazu die überlieferten Durchmesser großer Persönlichkeiten (historischen Berichten, übler Nachrede und dem Geflüster von Kurtisanen entnommen) nutzt

In der Kunstwelt ist wohlbekannt, dass der Künstler Joseph Cornell ein sexuell schwer gehemmter Perversling war. Es gibt einen Bericht, dass Cornell eine kleine Schnurschlinge an eine junge Frau sandte, die er verehrte; der beigelegte Brief erklärte, es handele sich um den Umfang seiner Männlichkeit. Nach fast allem, was man hört, starb Cornell trotz solcher Eskapaden als Jungfrau – als törichte, törichte Jungfrau. (Eine Schande, nachdem man auch hört, dass besagte Frau ebenjene Schnur als Armband trug.)

Die Faszination, welche die Größe des männlichen Gehänges auf den Menschen ausübt, geht bis in die moschusduftende Morgendämmerung der Menschheit zurück und ist seit dem klassischen Altertum umfassend dokumentiert. Die frühen Schniedel wurden häufig nicht allzu zuvorkommend behandelt: Als ägyptische Truppen im 13. Jahrhundert v. Chr. in Libyen einfielen, nahmen sie als Trophäen ganze 13230 Phalli mit; und ein Relief in Theben zeigt eine Horde von Siegern, die einen Haufen von 3000 vor ihrem König niederlegen. Von alters her werden die mit grellem Federschmuck besetzten Penisfutterale und Gliedschirme vom Volk der Asmat aus dem Sepik-Tal auf

ABB. 22

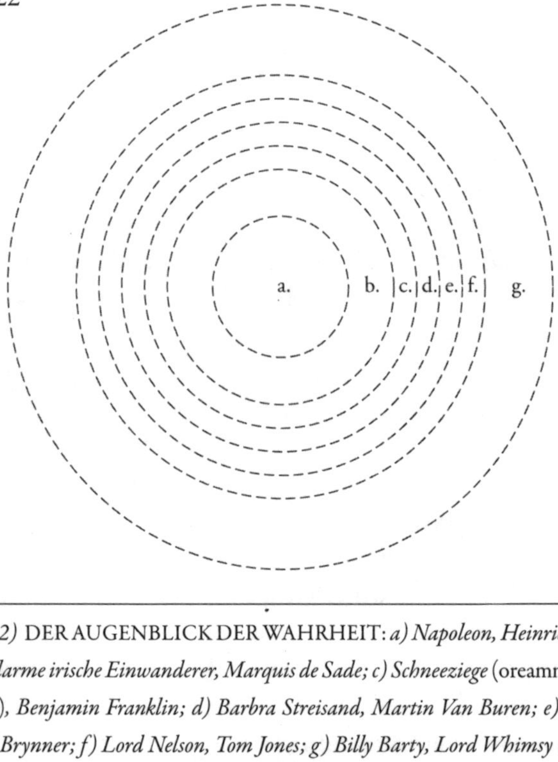

(Abb. 22) DER AUGENBLICK DER WAHRHEIT: *a) Napoleon, Heinrich VIII.; b) bettelarme irische Einwanderer, Marquis de Sade; c) Schneeziege* (oreamnos americanus), *Benjamin Franklin; d) Barbra Streisand, Martin Van Buren; e) Ramses II., Yul Brynner; f) Lord Nelson, Tom Jones; g) Billy Barty, Lord Whimsy (hiermit erinnere ich den Leser daran, dass dies mein Buch ist).*

ANLEITUNG: HERREN *werden ihren Platz innerhalb der großen Ordnung der Dinge auf die im Folgenden beschriebene Weise finden: den kleinsten Kreis in der Mitte mit einer feinen Klinge ausschneiden. Versuchen Sie Ihren »kleinen Admiral« durch die Öffnung zu kriegen. Wenn Sie keinen Durchbruch erzielen, fahren Sie fort, Kreise auszuschneiden, bis eine Übereinstimmung erzielt ist. Für die* DAMEN, *die nach einem adäquaten amourösen Partner suchen: Legen Sie einen Spiegel auf den Boden. Schneiden Sie den Kreis Ihrer Wahl aus. Stellen Sie sich über den Spiegel, und betrachten Sie die Spiegelung durch das runde Loch, das Sie ins Schaubild geschnitten haben. Wiederholen Sie den Vorgang, bis es passt.*

Neuguinea für ihr prunkvolles, verwegenes Aussehen bejubelt. Man weiß, dass im Europa des 15. Jahrhunderts besonders hochstehende Adelige ihr Gehänge unter einer kurzen Tunika zur Schau stellen konnten; diejenigen unter ihnen, die nicht mit einem eindrucksvollen Köcher ausgestattet waren, hatten so die Möglichkeit, einen ledernen Ersatzlatz namens Braguette anzulegen.

Man kann sich den brennenden Neid dieser Adeligen nur ausmalen, den sie gegenüber den größten Meeressäugern, den Blauwalen *(balaenoptera musculus)* empfunden haben könnten, deren ichthyphallische Glieder eine durchschnittliche Länge von drei Metern und einen Durchmesser von 30 Zentimetern erreichen! Mit diesem Wissen fragt man sich, ob das Walfanggewerbe im 19. Jahrhundert nicht auch einer als kleinliche Entrüstung getarnten unkontrollierten Eifersucht entsprungen ist, welche die mit schwabbeligen Pilzen ausgestatteten puritanischen Kaufleute beim Anblick ihrer Gattinnen empfunden haben, wenn diese während peinlicher Gesprächspausen bei Tisch voller Sehnsucht aufs Meer hinausblickten.

Das nebenstehende Schaubild (Abb. 22) ist ein keckes Gesellschaftsspiel der eher derben Art, mit dessen Hilfe der fehlgeleitete Lüstling endlich die soziale Stellung seines Bürstenpinsels ermitteln kann. Der Verfasser hofft, dass jener mit besagtem Hilfsmittel seine Neugier hinsichtlich seiner Gabe der Natur befriedigen (oder vermutlich seine Ängste bestätigen) können wird. Wer es wagt, sich diesem Schaubild zu stellen, wird schnell erkennen, dass es die männliche Seele wahrhaft anficht – ohne hier über das Offensichtlichere zu sprechen.

DER EIGENSINNIGE KNÖCHEL

Eine ergreifende Mär

Wo kein Gürtel mehr stört
Hat mich mein Knöchel betört;
Es scheint, dass er wächst und nicht schwindet.
Doch mich irritiert:
Dass er an der Stelle giert,
Wo kein einziger Knochen sich findet.

Er kann Eimer halten
Und Briefe falten;
Stopft das Hemd in die Hose, ganz simpel.
All das sei gestattet –
Ich bin nur ermattet
Von der Frage: Wie komm ich zu so einem Wimpel?

Ich erlieg seinem Charme,
Hab auch kaum Harm
Mit meinem knöchrigen Ding da;
Es mag bizarr ausseh'n,
Aber ich find es doch schön
Mit »Daumen« statt »kleinem Finger«!

VAGABUNDENÄSTHETIK

Wie die Kunst des Sammelns dem persönlichen Stil neues Leben einhauchen kann

Überfluss lohnt mehr als Geschmack. – GUSTAVE FLAUBERT

Nehmen Sie einen Gemeinplatz, säubern und polieren Sie ihn, beleuchten Sie ihn so, dass er mit seiner Jugend und derselben Frische und Strahlkraft überrascht, die er ursprünglich hatte; dann haben Sie das Werk eines Dichters vollbracht. – JEAN COCTEAU

Neu ist nur, was man vergessen hat. – ROSE BERTIN

Wenn ich meinen Pflichten als *arbiter elegantarium* nachkomme, begegne ich immer wieder mittellosen verkannten Ästheten, die offensichtlich von der schwärzesten Verzweiflung heimgesucht werden. Gleich bei meiner Ankunft versammeln sich diese armen Seelen zu meinen Füßen und flehen mich an, sie von ihrem elenden Zustand zu erlösen: »Mein lieber, guter Whimsy! Ich bin nur ein armer Bursche, der sich weder maßgeschneiderte Anzüge noch andere schöne Dinge leisten kann, die ihn als Snob auszeichnen und seine gesellschaftliche Stellung verbessern könnten. Meine Duftsammlung verschafft mir nur vorübergehend Trost, und wenn ich eine elegante Pose ohne die passende Garderobe einnehme, verwirrt das die Leute nur. O Whimsy, gibt es noch Hoffnung für solche wie mich?«

Dieses fruchtlose Sich-Grämen muss ein Ende haben, denn Geld mit Stil gleichzusetzen ist ein törichter Fehler: Natürlich kann einem

Geld leichten Zugang zu exklusiven Luxusgütern und einzigartigen Vergnügungen verschaffen, aber es ist keinesfalls der einzige Weg zu einem bezaubernden Leben (womit ich engstens vertraut bin, da ich ja selbst so zauberhaft bin). Sind die Mittel tatsächlich beschränkt, so empfehle ich den Liebhabern der Schönheit eine altbewährte Methode: Sucht die Blüten im Unrat dieser Welt, auf Flohmärkten, Versteigerungen, in Vintage-Läden und Secondhandshops, bei Nachlassverkäufen, im Kommissionshandel oder beim Discounter. Ich spreche von einer Vagabundenästhetik, der *arte povera* des Dandytums.

Diejenigen, die eine solche Idee als unvereinbar mit einem so erhabenen Stand wie den des Dandytums abtun, möchte ich Folgendes fragen: Welcher wahre Künstler würde sich nicht freudig der Herausforderung stellen, mit einer begrenzten Palette ein überwältigendes Kunstwerk zu schaffen? Wenn die Feinheiten nicht in der Kleidung des Dandys zu finden sind, dann doch sicherlich darin, wie er sie trägt. Statt das Dandytum ganz preiszugeben, muss man womöglich nur die Gewichtung im eigenen Dandytum verändern; hat man nichts Exquisites zur Verfügung, betrachtet man es eben auf exquisite Art und Weise. Die Schönheit findet sich nicht in den einzelnen Stücken, sondern in ihrer Beziehung zueinander; man wird zur wandelnden Auslassung, opak, unergründlich; ein Kuchen, zu delikat, um verzehrt zu werden.

Die Praxis der Vagabundenästheten geht zurück auf die feinen Herren und Straßenstutzer der dreißiger Jahre in London, deren magere Einkünfte ihren Hunger nach einem grellen Federkleid nicht dämpften. Sie ist eine spielerische Unterart des Dandytums, vielleicht eine minderwertige, aber sie bleibt doch Dandytum. Die Ensembles, die man unter dem Leitbild einer Vagabundenästhetik zusammenstellt, sind wie Skizzen im Vergleich zur erhabenen, herrschaftlichen Porträtmalerei, die der *haut dandyisme* darstellt.

Die ökonomische Zurückhaltung gestattet es dem Dandy überdies, sich auf seine eigentliche Kunst zu konzentrieren, ja, sie befreit ihn von den vulgären Verstrickungen, die mit teurer Couture einhergehen: das Land verlassen zu müssen, um seinen Gläubigern zu entgehen, oder die Luft im Empfangszimmer mit galligen Flüchen zu vergiften, nachdem man eine ruinöse Rechnung aus dem Briefkasten geholt hat. Selbst diejenigen unter uns, deren finanzielle Mittel einen schwindelerregenden Luxus ermöglichen, sollten sich am Vagabundenästhetentum beteiligen, und sei es nur aus reiner Freude daran, einem Gemeinplatz Schönheit abzuringen.

Ich muss gestehen, dass auch in meinem Schrank mehr Secondhandteile hängen, als ich gern zugeben würde: Sogar mein hoher Strohhut, für den ich bekannt bin, war einmal ein Orchideentopf. Die Auswahl ist groß, da ältere Gentlemen auf meine Miniaturgröße zusammenzuschrumpfen scheinen, bevor sie sich von ihrer irdischen Garderobe verabschieden (vielleicht kann ich diesen Vorteil beizeiten an einen Kleinen Däumling, Milchbuben oder Pygmäen weitergeben, der noch geboren werden muss). Ich wage auch zu behaupten, dass es recht befriedigend sein kann, einem Gegenstand ein zweites Leben einzuhauchen, ein gewöhnliches Objekt mit einem ungewöhnlichen Gedanken zu erfüllen.

Für sich selbst ein einzigartiges Erscheinungsbild zu erschaffen heißt, von den grauen Küsten der Mode in die blauen Weiten des Stils aufzubrechen. Es ist ein gefahrvolles Unterfangen, und man kann in seinem Bestreben auf so unterschiedliche Arten und Weisen versagen, dass sie zu vielfältig sind, um hier aufgezählt zu werden. Allerdings sollten diejenigen unter uns, die ihre mit Reichtümern beladenen Barken durch diese gefährlichen Gewässer navigiert haben, als Inspiration für jene dienen, die vielleicht erst mit ihren brandneuen Kompassen und Sextanten herumzuspielen beginnen.

Die Einzigartigkeit der eigenen Kollektion ist ein wesentlicher Aspekt einer stilvollen Garderobe; diese Einzigartigkeit kann man entweder erreichen, indem man teure, maßgeschneiderte Stücke erwirbt (mit

Geld) oder indem man Vintage- und Secondhandstücke dem Dunkel entreißt (mit Zeit) – Letztere sind übrigens oft genug besser gearbeitet als die neueren Teile. Stattet man sich mit dem kostbaren Bildgedicht einer handbestickten Zierbordüre am Oberhemd aus oder einem glänzenden Innenfutter oder mit Knöpfen, die das gerade rechte Maß von Patina erreicht haben, so findet man sich in einem ganz persönlichen Paradies wieder, mit einem Schatz – versteckt wie die opal schimmernde Perle in einer Auster. Der seltene Betrachter, der sich die Zeit nimmt, diese Feinheiten an unserer Garderobe zu bemerken, wird reich belohnt (so wie es sich mit jeglicher großen Kunst verhält): Gibt es etwas Eindrücklicheres als das exquisite Futter eines Anzugjacketts, auf das man einen kurzen Blick erhascht und das bis dahin penibel verborgen war? Es ist, als ob ein Herr kurz seinen Hut lüftet, um sich die Stirn zu wischen – und man entdeckt einen Glorienschein über seinem Haupt!

Allerdings sollte man nicht den Fehler machen, die Jagd nach neuen Stücken vollständig aufzugeben; schließlich verleihen sie der Garderobe des Flaneurs Frische und Gehalt. Neuerwerbungen mit allerlei Teilen aus angesehenen Secondhandläden anzureichern ist eine beliebte Praxis bei jenen, deren Mittel keine täglichen portemonnaieplättenden Besuche in Modetempeln erlauben. Solche Fundstücke verleihen dem Ensemble oftmals eine köstliche Spannung: Kombiniert man Teile aus unterschiedlichen Quellen, sind Stoff, Farbe, Kontext und Schnitt allesamt entscheidende Elemente der persönlichen Tuch-Palette. Überdies haben Vintage-Funde häufig den Vorteil, dass ihnen diese grauenhaften Miniaturwerbetafeln abgehen, die man an zahlreichen zeitgenössischen Stücken findet und die dem Träger (und übrigens auch dem Betrachter) seine Würde nehmen.

Makellose Secondhandteile – oder meinethalben Stücke mit charmanten Zeichen der Zeit – zu finden und auszuwählen ist nichts weniger als eine Kunstform. Hütet euch vor abgewetzten Stellen und kleinen Fehlern, die eure Anschaffungen in ihrem Wert mindern könnten: Solche wichtigen Details nicht zu beachten kann sich desaströs auf den eigenen Leumund auswirken. Der fortgeschrittene Vagabundenästhet mag Themen als fruchtbares Stilmittel einsetzen, aber wer erst noch ein hinlänglich reiches und mannigfaltiges Repertoire entwickeln muss, dem sei davon abgeraten, sich vom Scheitel bis zur Sohle in einem einzigen Epochenstil zu kleiden; ein nicht gänzlich glückliches Händchen in solchen Dingen degradiert nämlich den Anzug zum Kostüm (mehr zu diesem Thema in meinen Essays KONTINUITÄT VS. NOSTALGIE (S. 142) und DIE CAMP-ÄSTHETIZISMUS-SKALA (S. 148)).

Man wird seinen persönlichen Stil besonders effektiv gestalten können, indem man zwei oder drei sich ergänzende Stilrichtungen kombiniert und so ein neuartiges Hybrid entwickelt, das man dann als seinen ganz persönlichen Stil bezeichnen kann. Stellt sicher, dass ihr die Motive oder Themen zusammenklingen lasst und ab und an variiert, aber behaltet dabei ein Feingefühl für den zugrunde liegenden Klang. Was das genau beinhaltet, ist Sache jedes Einzelnen, aber es ist wesentlich, Variationen nur innerhalb dieses Themenbereichs vorzunehmen, wenn man in Bezug auf seine eigentliche Persönlichkeit den klaren Blick erhalten will. Vergesst nicht: Die öffentlichen Plätze und Boulevards sind Bühnen, und das gemeine Publikum sollte die Spieler auf den Straßen voneinander unterscheiden können, selbst wenn sie zwischen den Akten das Kostüm gewechselt haben. Meist wird unser Instinkt diese schwer fassbaren Untertöne diktieren; ja, man muss so ein zugrunde liegendes Feingefühl nicht einmal ganz verstehen, um dennoch darüber zu verfügen.

Den Herren von geringerer Statur, wie ich selbst, würde ich empfehlen, auch die Stücke näher zu betrachten, die für das schöne Geschlecht gefertigt wurden; die Auswahl an Stilrichtungen ist größer und die knappe Passform schmeichelnder als bei einem Großteil der

Männerkleidung (die Sakkos sind im Rumpf oft kürzer geschnitten, was die Silhouette länger erscheinen lässt und einen Mann von kleiner Statur sicher jenseits des Gary-Coleman-Index platziert). Solche Stücke kann der Schneider der Wahl dann anpassen. Und dennoch, einen solchen Rohdiamanten zu finden ist eine wahre Kunst, die aus einem tadellosen Gespür für Design und einer intuitiven und enzyklopädischen Kenntnis erwächst, wo und wie man verschiedene Stilrichtungen kombinieren kann.

Eine visuelle Hierarchie ist für die Garderobe wesentlich; man muss behutsam auswählen, welche Teile der Gesamterscheinung man betonen möchte, um nicht eine Kakophonie zu komponieren, in welcher der sorgfältig gesetzte Punkt und Kontrapunkt untergeht.

Ich will an einer meiner »Skizzen« (einem zwanglosen Ausgeh-Ensemble) veranschaulichen, was ich mit Hierarchie meine: ein almgrüner Ledergehrock mit Epauletten, an dessen großzügigem Revers eine blasse Orchidee steckt; ein frisches weißes Hemd mit rot geblümter Zierleiste und mächtigen Ärmelaufschlägen; eine blaue, ausgestellte Cordhose; überdimensionierte, geschmackvoll abgetragen wirkende (und gut geputzte) elfenbeinfarbene Stiefeletten, die das Bein länger erscheinen lassen und den Fall der Hose betonen; die Stiefeletten mit weißen, weichen Taubenfedern gefüttert, um es mit dem federnden Gang eines Ozelots aufnehmen zu können.

Es gehört zu den wenigen Segnungen unseres Zeitalters, dass es uns einen spielerischen Eklektizismus erlaubt; aber dieser Eklektizismus sollte immer dafür eingesetzt werden, einen makellosen, eleganten und unangestrengten Eindruck zu hinterlassen. Wahrlich, ich sage den jungen Menschen: Trocknet eure Tränen und denkt daran, dass das nimmermüde Streben nach Verzauberung schon an sich das Ziel eines jeden Schöngeists ist. Ruht nicht, bis ihr nicht selbst Poesie geworden seid. Ihr seid die Leinwand – malt!

ÜBER SOMMERLICHE VERGNÜGUNGEN

oder: Wie man den geschmacklosen Versuchungen des Sommers widersteht

Wie ein riesiger Ameisenlöwe wartet der grausige Sommer jedes Jahr darauf, dass die unglückselige Jugend auf der schiefen Bahn zwischen Liegestühlen und Grillpartys in seinen weit aufgerissenen Rachen rutscht. Jedes Jahr im späten Frühling habe ich die strahlenden Reihen der Bonvivants dünner werden sehen, wenn die Freizeitbekleidungsindustrie sich unsere vielversprechende Jugend einverleibt, die – nachdem sie Erniedrigungen ertragen musste, die unweigerlich mit Cargo-Shorts und »Flip Flops« einhergehen – nie wieder in die Reihen der Sonderlinge zurückkehrt oder jedenfalls nie mehr so hell strahlt, wie sie es sonst getan hat.

Drei Dinge sollte man sich in den wärmeren Monaten zu Herzen nehmen:

ERSTENS: Die Raffinesse der eigenen Garderobe verhält sich umgekehrt proportional zu ihrer Lesbarkeit.

ZWEITENS: Freizeitaktivitäten, an denen Verbrennungsmotoren beteiligt sind, sind zu meiden: Segelboote, Hochräder, Rikschas, Velozipede, Pferde, Diwane, Kutschen, Hängematten und quastenbesetzte Seidenpantoffeln sind alle anmutige und würdevolle Arten der (Fort-)Bewegung, die den Seelenfrieden der anderen nicht gefährden. Viele dieser Möglichkeiten gewähren einen imposanten Ausblick auf die Umgebung, und man darf durchaus eine kalte Gleichgültigkeit ausstrahlen, während man auf das moschusgeschwängerte Gedränge unter sich blickt und die verschwitzte Braue des Pöbels mit der frostigen Kälte des eigenen Hochmuts kühlt. So leuchtet man weithin und dient als ein strahlendes Beispiel für Glanz und Haltung in der Mittagshitze und somit als Herold des Paradieses.

DRITTENS: Jegliche sportliche Aktivität ist zu meiden! Es ist immer besser, eine Partie Krocket mitzuverfolgen als mitzuspielen. Ja, man wird sich als Zuschauer hervorragend amüsieren, wenn man in Hörweite der jüngeren Verwandtschaft das Spiel mit Expertise und deftigen Ausdrücken kommentiert, während man gerade an seinem vierten Mint Julep nippt und still die grauenhaften Blumenrabatten der Gastgeber betrachtet.

WIE MAN EIN HOCHRAD FÄHRT

oder: Vom Hochgefühl, eine kinetische Skulptur zu werden

Ich empfehle jedem meiner Brüder, der von schwächlicher Natur ist,
als Kur den Sattel eines »Standard Columbia« zu besteigen.
W. S. WINANS JR., HOUSATONIC, MASS.

Ich habe die Gefährte untersucht, die Sie in letzter Zeit der
Öffentlichkeit präsentieren, und ich muss sagen,
britische Zweiradfabrikanten werden es in nächster Zeit mit dem
Absatz diesseits des Atlantiks schwer haben.
Ihr Durchhaltevermögen verdient Erfolg, und keiner wünscht ihn
Ihnen mehr als Ihr Freund und Gönner,
HENRY BENTLEY, PHILADELPHIA, PENN.

(Empfehlungsschreiben, die ich aus dem Columbia Zweiradkatalog von 1884 gefischt habe.)

Das Folgende ist die höchst nüchterne Beschreibung meines treuen Stahlrosses: ein schwarz lackiertes Hochrad – auch »Pennyfarthing« (nach den britischen Münzen), »Boneshaker« (»Knochenrüttler«) oder Veloziped genannt – mit silbernen Speichen. Es gehörte lange Jahre einem älteren Herrn aus meiner Nachbarschaft, der es bei örtlichen Festumzügen sattelte. Ich habe ein altes Automobil gegen sein Veloziped eingetauscht und meine Entscheidung nie bereut. Es ist eine erhebende, aber gefahrvolle Art der Fortbewegung – insbesondere in meinem eher zierlichen Fall. Ich musste das Gerät erst

ABB. 23

ABB. 24

ABB. 25

anpassen, bevor ich es überhaupt richtig fahren konnte: Ich habe die Sattelstütze verkürzt und kürzere Kurbeln besorgt, damit meine Füße bei den Abwärtsbewegungen die Pedale erreichen konnten (anfangs musste ich übergroße Schuhe tragen).

Eine solche Vorrichtung in Bewegung zu setzen ist keine Fertigkeit, über die man im Allgemeinen verfügt, und ich musste es mir selbst beibringen – weshalb ich mein Wissen nun gern mit euch teilen will.

DAS AUFSTEIGEN (Abb. 23): Man ergreift den Lenker aus einer stehenden Position hinter dem Gefährt. Ein Sporn am Rahmen des Geräts – einige Zentimeter oberhalb des Hinterrads – erlaubt es, einen Fuß auf das Fahrrad zu stellen, während der andere, ganz wie bei einem Roller, Schwung gibt, bis das Hochrad an Fahrt aufnimmt und man den Versuch unternehmen kann, sich in den Sattel zu schwingen. Man bedenke die mitdrehenden Pedale – die meisten Velozipede haben keinen Leerlauf.

DAS FAHREN (Abb. 24): Wir sollten uns veranschaulichen, dass der Hauptunterschied zwischen einem »Sicherheitszweirad« (ein modernes Fahrrad im altmodischen Sprachgebrauch) und einem Hochrad darin besteht, dass das Vorderrad des Hochrads das eigentliche Fahrrad ist. Beim Lenken müssen wir also besondere Vorsicht walten lassen, um an den Innenseiten der Oberschenkel keine Haut zu opfern und um eine Rolle vorwärts zu vermeiden, die nervtötend und gelegentlich tödlich ist. Wegen des großen Durchmessers am Vorderrad (etwa 120 cm) kann man sich überraschend langsam fortbewegen, fast so gemächlich wie ein Spaziergänger. Das Biest wiegt um die 22 kg, man kann also ganz passable Stürze vollführen, wenn man nicht achtgibt. Die Vollgummireifen lassen die Sache manchmal etwas holprig werden, weshalb sich meine Prostata schon seit einiger Zeit nicht mehr zu Wort gemeldet hat (eure Ergebnisse mögen natürlich differieren). Wegen des hohen Sitzes können herabhängende

Äste zu einer Gefahr werden, und es ist gut möglich, dass man bei seiner Heimkehr ein Vogelnest auf dem Hut vorfindet. Ich bin mit Menschen bekannt, die diese Gefährte auch im städtischen Raum verwenden (mit nicht weniger als turmhohen 130-cm-Durchmessern), was zweifellos geistesgestört ist und ans Legendäre grenzt.

DAS ABSTEIGEN (Abb. 25): Man stellt einen Fuß wieder zurück auf den Sporn und gleitet vom Sattel, um das Gefährt, mit dem anderen Fuß schleifend, zu bremsen, während man noch den Lenker hält. Manche Modelle besitzen Vorrichtungen zum Abbremsen; meines nicht. In jedem Fall wird man beim Anhalten absteigen müssen.

Kurz, diese Fahrvorrichtung ist tatsächlich risikobehaftet, aber das wohlmeinende Volk wird euch für eure versponnenen Heldentaten lieben (auch wenn es euch manchmal auf den Straßen fast umbringen wird). Die Kinder hierzulande folgen meinem Hochrad immer in einer chaotischen Prozession aus Fahrrädern und Rollerskates und haben tausend Fragen (einige der jüngeren glauben sogar, es sei eine neue Art Fahrrad). Irgendwie zerstreut es die Befangenheit von Flegeln, Miesepetern und anderen impertinenten Zeitgenossen gleichermaßen, und im Gefolge meiner kleinen Ausfahrten sind schon zahllose freundliche Gespräche unter Fremden erblüht. Welch eine Wonne es doch ist, mit seinem bloßen Dasein solche Freude und Leutseligkeit zu verbreiten!

Zugegeben, ein Teil der Anziehungskraft ist für viele sicherlich nostalgischer Natur, aber auch sie beginnen, das Gefährt mit einem frischen Gefühl der Bewunderung zu betrachten, wenn ich ihnen erläutere, dass das Hochrad nichts anderes als eine elegante bewegliche Skulptur ist: eine heikle, sich drehende Anordnung von Strahlen und Bögen, die nur kraft des Antriebs durch unseren Körper anmutig durch die Landschaft bewegt wird.

Vielleicht wird eines Tages irgendwo eine vernunftbegabte Handelskammer das Bedürfnis nach einem hochrädlichen Feiertag erkennen: Den Allerwhimsygen-Tag könnte man im August begehen, mit Hochradregatten, Pilzwettbewerben, blassgrünen Wimpelgirlanden, Ornithoptern, Strohhutzylindern, Knopfloch-Wildblumen, Quittenbrot und köstlichen Drinks aus botanischen Spirituosen. Man kann sich den warmen Abendhimmel schon ausmalen, voller Drachen in Orchideenform, während unten auf dem See Papierlaternen schwimmen.

Dann ist es also beschlossene Sache: Lasst uns alle auf unsere Hochräder steigen und whimsyen gehen!

IM AUGE DES RÄUDIGEN KATERS

oder: Wie man mithilfe eines Selbstverteidigungstrainings für Weichlinge Flegel durch den Salon prügelt

Es ist eine unglückselige Tatsache, dass viele Herren von gesteigerter Empfindsamkeit über kurz oder lang von herumlungernden Höhlenbewohnern, verkoteten Stinkmorcheln und röhrenden Gebirgsböcken in ihrer bloßen Existenz bedroht werden, Individuen, die sich wie Bazillen auf unseren Straßen unermüdlich zu teilen und zu verdoppeln scheinen. Eine gesteigerte Empfindsamkeit und das Streben nach Vollkommenheit hinterlassen Spuren bei denen, die sie besitzen; die grobschlächtigeren Individuen unter uns spüren dies, ohne die damit einhergehenden Werte anzuerkennen. Sie riechen bedauerlicherweise nur das Anderssein, den Unterschied zu ihrem eigenen viehischen Dasein und verwechseln unsere hart erarbeitete vornehme Eleganz und unverbrüchliche Hingabe an die Schönheit mit Schwäche und Verweichlichung – was, wie überall in der Natur, eine Art Jagdinstinkt weckt. Auf ungläubiges Anstarren folgen meist abfällige Bemerkungen und Beschimpfungen, die in der Folge zu noch üblerer Behandlung führen können. Solche Vorkommnisse sind leider nur allzu üblich, und der Gentleman von heute sollte für derartige Gelegenheiten gewappnet sein, um nicht eines Tages ohne Alternativen dazustehen und – in der Folge – ohne Zähne.

Da die eine Partei an keinen Ehrenkodex gebunden ist, wird man kaum Satisfaktion fordern können; wir werden also zu unserer Verteidigung auf andere Methoden zurückgreifen müssen. Im Lichte der omnipräsenten Gefahr schlage ich vor, dass sich alle hübschen Burschen und angehenden Gentlemen in diesem unseren Lande nicht nur mit Stockdegen und einem moderaten Arsenal an Blitzpulver ausstatten, sondern auch eine Technik aneignen, die ich »Snob-Fu« genannt habe: ein Selbstverteidigungstraining, das hauptsächlich darin besteht, diversen Sofakissen in unterschiedlichen Größen und Härtegraden fiese Ohrfeigen zu versetzen. Zu diesem Behufe habe ich eine Muster-Zielscheibe (Abb. 26) entworfen, die der künftige Eleve in verschiedenen Größen fotokopieren kann, um das genannte Verteidigungsmanöver zu vervollkommnen. Die Zielscheibe sollte man an besagte Kissen heften, und die eigenen Fortschritte in einem Tagebuch dokumentieren. Die Novizen werden so drastische

ABB. 26

Steigerungen in Tempo und Präzision ihrer Ohrfeigen verzeichnen können, insbesondere wenn die Zielscheibenübungen vor jeder Trainingseinheit mit Lockerungsübungen für das Handgelenk ergänzt werden (ich selbst habe wundervolle Lockerungs-Ergebnisse mit sehr großen, schweren Gläsern voll französischen Kräuterlikörs erzielt).

Nachdem diese Trainingseinheiten zur Vollendung gebracht worden sind, sollte man die neu erworbenen Fähigkeiten um einige Improvisationsmethoden zur Selbsterhaltung ergänzen. Ein Beispiel: Quentin Crisp hat sein Humor einst auf den Straßen Londons das Leben gerettet. Als er von einer Bande von Rüpeln erbarmungslos verprügelt wurde, besaß Quentin die Geistesgegenwart, einen kleinen Scherz über seine blutigen Lippen kommen zu lassen: »Ich scheine die Herren in irgendeiner Weise verletzt zu haben.« Darüber brachen seine Angreifer in schallendes Gelächter aus und zerstreuten sich; Quentin konnte seine Haarnadeln aufsammeln und seines Weges tänzeln.

Zu guter Letzt sollte man sich mit den letzten, verzweifelten Rettungsmaßnahmen aus dem Verteidigungsarsenal vertraut machen, als da wären: Irrsinn vortäuschen; jemanden mit einem Blumenstrauß verprügeln; sich in Schränken verstecken; zischen; spitze Schuhe; Umgang mit rauflustigen Fahrradkurieren pflegen; sehr große Frauen an seiner Seite haben; Bären als Haustiere halten; Stachelschweinmäntel oder Rockschöße mit Sollbruchstellen tragen; osteuropäische Parfums auftragen oder ein Taxi nehmen. Vor allen Dingen aber denkt daran: Ein sich prügelnder Weichling ist ein gefeiter Weichling!

WIE IN EINER ROSTIGEN SCHAMKAPSEL

oder: Er setzt sich nieder, um zu siegen

Ich sitz' jetzt zum Pinkeln.
Da hilft auch kein Dünkel:
Mein Wurm, der bringt mich dazu;

Er ist nicht verlässlich,
Benimmt sich gar hässlich,
Sobald ich das Beinkleid auftu'.

Man kann ja bekritteln,
Den Tau abzuschütteln:
Außer Warmduschern macht das doch keiner!

Mir ist das einerlei
Und ich bleibe dabei.
Denn ein trockener Latz ist feiner.

OH, SÜSSE ERLEICHTERUNG!

Des Jünglings Frühjahrs-Handreichung
für die Welt der Selbstliebe

Aber Onan ... ließ [seinen Samen] auf die Erde fallen und verderbte es ...
Da gefiel DEM HERRN übel, was er tat ... – GENESIS 38:8–10

Selbst in diesen Zeiten der Post-Jahrtausend-Belastung hält das Frühjahr seine mannigfaltigen Freuden bereit und bringt zuverlässig eine Warmfront ins südliche Zentralwhimsyen. Wer von uns hat nicht schon im Chor der wollüstigen Amphibien geschwelgt, die in ihren trüben Tümpeln die wärmer werdenden Tage begrüßen? Wahrlich, man lauscht hingebungsvoll den Fanfaren des Frühlings, wenn man der auf dem Wasser treibenden aufgeblähten Backentaschen von Unken gewahr wird; zweifellos ein Weg der Natur, der gummiartigen Schwellung in anderen Regionen Raum zu verschaffen! Die aufgetaute Erde wogt unter den kraft- und saftvollen Säugetieren; die Bouquets der in der Folge überfahrenen Stinktiere auf den Landstraßen zeugen zur Genüge davon. Ja, selbst die ersten Wellen stechender Hitze liefern eine Art perverser Befriedigung.

Aber bei all der gesegneten Glückseligkeit, welche die Herolde der erwachenden Erde uns bieten, ist das schönste und größte Vergnügen doch sicherlich das, was wir als »Frühlingsfieber« kennen; mit den ersten lasziven Krokussen und koketten Narzissen erwächst ein sinnliches Sehnen in unserem Schoß, das Jung und Alt gleichermaßen vor verbotenem Verlangen verrückt macht. Ah, der Frühling mit seiner Fülle der Freuden!

Um einer Epidemie von Fieberbläschen, Knutschflecken und peinlichen Stelldicheins bei gesellschaftlichen Veranstaltungen entgegenzuwirken, obliegt es uns, daran zu erinnern, dass die Natur in ihrer immerwährenden Großzügigkeit uns mit einer höchst vergnüglichen Möglichkeit ausgestattet hat, in unseren niederen Instinkten zu schwelgen und zugleich die nachteiligen Effekte für die Gesellschaft zu vermeiden, die mit einem solchen Verlangen einhergehen. Ich spreche natürlich von der Onanie oder der SELBSTLIEBE.

Früher als »schmutziges Geschäft mit sich selbst«, Selbstbefleckung oder einfach als »der gefährliche Ersatz« bekannt, wurde Onanie lang entweder als kindliches Tun oder als eine Sünde vor dem Allmächtigen angesehen. Ich bin genusssüchtig und gelte der Geistlichkeit schon deshalb als degeneriert, und ich kann diese Ansichten nicht teilen; im Gegenteil, ich möchte die Selbstliebe als bestrickende Handhabung, wenn nicht gar staatsbürgerliche Pflicht bezeichnen, die – wenn der kleine Giftpilz besonders unersättlich ist – helfen kann, die steigenden Körpersäfte in geordnete Bahnen zu lenken.

Wie auch immer die jeweiligen Vorlieben sein mögen, es ist unerlässlich, für eine angemessene Atmosphäre zu sorgen, bevor die Tränen der Venus quellen: Gedämpftes Licht von juwelenbesetzten Lampen, eine anregend zweideutige Taxidermie, üppige Kissen, Spiegel und Duftkerzen sind ratsam; denn ein so ausgestatteter Raum ist nicht weniger als das Reich der Selbstliebe und sollte mit größter Sorgfalt bedacht werden.

Requisiten sind ebenfalls von erheblicher Bedeutung. So sind beispielsweise bestickte Filztücher für solche Gelegenheiten exzellent geeignet, sind sie doch unauffällig und von angenehmer Haptik; ich selbst besitze ein glanzvolles Assortiment solcher Samentücher (auch »Börsen des Eros« genannt), das sogar an meine liebevoll gehütete Handschuhsammlung heranreicht.

Wir wollen nun einige beliebte Techniken der Selbstliebe – für

Anfänger und Fortgeschrittene – näher betrachten. Ein kleiner Hinweis vorab: Es ist wesentlich, dass man bei der kurativen Anwendung zwischen drei oder vier Methoden alterniert, um keine sogenannte »Junggesellenkralle« zu entwickeln. Nachdem das gesagt ist, hier also eine kurze Liste einiger Klassiker und Raritäten:

(Abb. 27) Der NEULING: die einfachste aller Methoden, oft von rotgesichtigen Pubertierenden im Zeltlager zur Hand genommen oder von kecken Jugendlichen, die sich vorher im Affenhaus Tipps haben geben lassen.

(Abb. 28) Der FLIEGENDE HOLLÄNDER: bei Matrosen beliebt, weil man es sogar beim Schunkeln mit eingehakten Armen hinkriegt oder während man eine Buddel voll Rum schwenkt. Es gibt Vermutungen, dass diese Methode die tiefer liegende Ursache für die Meuterei auf der Bounty gewesen sei, weil Captain Bligh wohl ein rechtes Mauerblümchen war.

(Abb. 29) Der SCHARLACHROTE PHARAO: vom Stamm ausgehend drei gleiche Bewegungen in einem Dreiecksmuster. Rosenkreuzer und andere Geheimbünde haben diese Methode in ihre nächtlichen Riten einbezogen; daher die seltsamen Schürzen. Beliebt bei Architekten, Steinmetzen und Maurern. Lotlinie fakultativ.

(Abb. 30) Der SISTER O'GRADY: eine Reihe kleiner Schläge mit dem Lineal, gefolgt von harten Worten der Züchtigung in einem südirischen Akzent. Rosshaarkniebundhosen sind kein Muss, aber bei schuldbefleckten Geistlichen populär. Gut bei Schreibblockaden, wie jeder irische Exildichter bestätigen wird.

(Abb. 31) Das EISERNE KREUZ oder der DURCHGESCHEUERTE BARON: rechte Winkel im Überfluss. Effizient, schroff und beinahe mechanisch in seinen Bewegungen. Lederhosen und der liebliche Klang von Heino sind unerlässlich, wenn man den härteren Ritt durchs Vaterland bevorzugt.

(Abb. 32) Die BOURBONEN-LILIE: kunstvolle, beinahe lyrische

ABB. 27

ABB. 28

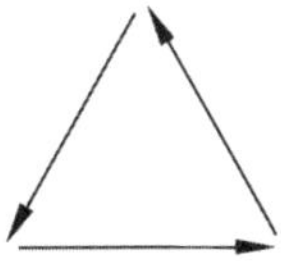

ABB. 29

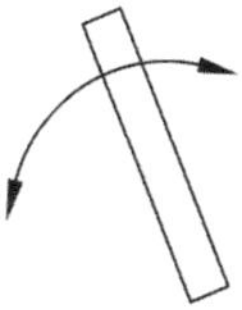

ABB. 30

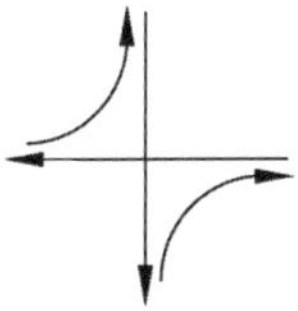

ABB. 31

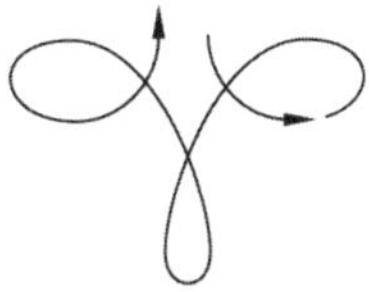

ABB. 32

ABB. 33

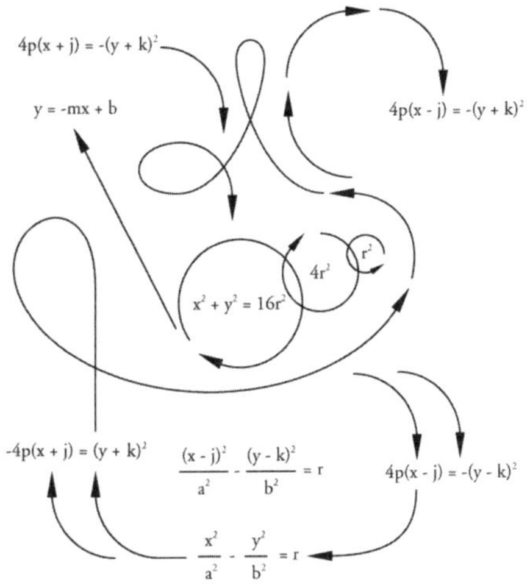

ABB. 34

Bewegungen. Wegen der stark manierierten Ausführung wird ein bewegliches, lockeres Handgelenk benötigt. Während der Herrschaft von Ludwig XIV. beliebt; wurde in die höfische Etikette für Orgien mit aufgenommen. Häufig als Aufwärmübung vor Duellen verwendet. Heute noch beim Trampen in Belgien in Gebrauch.

(Abb. 33) Der MAIBAUM: am besten geeignet für Gartenpartys mit einer Überzahl an properen Maiden mit rosigen Wangen, denen verschiedene Flechttechniken vertraut sind (die Sorte, die auch Hockey spielt). Brennende Strohpuppen und Holzbläser sind ein Muss.

(Abb. 34) Die ANDALUSISCHE HÖSCHENFISCH-HYPOTHESE: vermutlich die komplexeste und potentiell gefährlichste der bisher bekannten Methoden der Selbsterfüllung. Sie wurde von Monsieur Fermat entworfen, und nur elf Menschen weltweit sind in der Lage, dieses ausgeklügelte Manöver auszuführen; alle (mit Ausnahme von Peter O'Toole) sind Professoren am Institut für fortgeschrittene Studien der Universität Princeton (ich hab es einmal selbst versucht und weiß jetzt, warum die Akademiker immer diese Lederflicken an den Ellenbogen ihrer Sakkos tragen). Dieses Manöver hat eigenhändig für die Geburt des Quantenonanierens als Forschungsgebiet gesorgt: Aufgrund ihrer Berechnungen sehen die Wissenschaftler hier Chancen – Schürzenjäger aufgepasst! –, dass unser Gemächt an zwei Punkten in der Raumzeit gleichzeitig sein kann. Minimalisten unter den Komponisten wie Philip Glass oder Steve Reich sind als Begleitmusik unerlässlich, je nachdem, welches Tempo man präferiert.

Mancher Leser stellt mir nicht nur Fragen zur Technik, sondern auch zur Frequenz; genauer gesagt, wie viele selbst erfüllende Sitzungen pro Tag zu empfehlen seien. Ich würde die Grenze bei fünfmal am Tag ziehen; mehr als das hat zu sehr den Ruch von Hochstapelei.

An dieser Stelle muss ich meine Leserinnen um Vergebung bitten, dass ich der weiblichen Selbstliebe so wenig Augenmerk geschenkt habe; da die fürchterliche Fügung mich mit nur einem

Fortpflanzungsorgan ausgestattet hat, fühle ich mich nicht befähigt, das Thema näher auszuführen. Davon einmal abgesehen, ist es wichtig festzuhalten, dass die weibliche Selbstliebe – die wohl eine ausgefeiltere und nur Eingeweihten zugängliche Kunstform ist – in den letzten Dekaden in der westlichen Welt eine Wiedergeburt erlebt hat. Dem schöneren Geschlecht stehen heute, den Segnungen der Moderne sei Dank, Myriaden von Kicher-und-Errötungs-Utensilien zur Verfügung, die auf Knopfdruck vibrieren, sich winden und sogar kuscheln können – während man früher auf Fruchtbarkeitsrituale, Hexenzirkel, die wichtigsten Haushaltsgegenstände, Duschköpfe, »einhändige Bücher« und das eine oder andere Gemüse oder Pferd (à la Katharina die Große) beschränkt war. Wo wir auch hinsehen, ist uns heute ein glanzvoller Anblick vergönnt: In unerschöpflichen Becken flattern die ungezählten Blütenblätter der holden Weiblichkeit wie Gimpel in einem Käfig ...

Du meine Güte – ich fürchte, ich muss mich auf mein Zimmer begeben (pfui, die liederlichen Gimpel, wie sie das Feuer in meinem Sprungbein schüren!).

DIE STERBENDE MARMOTTE

Eine elegische Ode (nach Blake)

O Murmeltier, du wardst heimgesucht!
Die Sonne lässt die Strahlen schwellen
Und streckt die goldnen Finger aus
Aufs Feld, wo deiner Freunde Pfiffe gellen;

Sie findet deinen Körper stumm
Wie auf dem Teller der Kapaun;
Ach, jetzo schlummerst ewig du,
wo du einst aßest, gar elend anzuschaun.

DER HERMETISCHE ORDEN DER BAGATELLE

Ein Geheimbund für Ästheten, Schelme und Philomathen, in eigenwilligeren Kreisen als die »MATTEN PANTHER« bekannt

Bevor ihr eure blanke, zierliche Hand auf die MÄCHTIGE SCHWURHAND (Abb. 35) legt, müsst ihr euch fragen: »Habe ich die Willenskraft und Lebensfreude, der Bruderschaft des HERMETISCHEN ORDENS DER BAGATELLE beizutreten? Habe ich überhaupt die Eigenschaften, die für nötig erachtet werden, um dieses höchst seltene Wesen, ein MATTER PANTHER, zu werden?«

Wisset denn dies: Wer die heilige Pflicht auf sich nimmt, ein Vermittler der Schönheit und der Freude zu werden, hat sich auferlegt, als Vorbild und Inspiration für andere, bewusst ein schönes Leben zu leben. Die kryptischen Insignien unseres Ordens werden ihn als aktives Mitglied einer Bruderschaft zeichnen, deren Ziel es ist – mit Fantasie, Stil, Charme und Haltung – ein elysisches Fleckchen auf dieser einst grünen Erde zu schaffen. Wer sich ein Herz fasst und mit uns auf diese sonderbare Reise geht, mag unseren Nachen besteigen und in bunt bemalten Holzschuhen unter dessen silberner, vom Salz geküsster Takelage wandeln, während der fein ziselierte Rumpf einer nebligen Küste entgegengleitet, wo man noch den fast vergessenen Dialekt der Schönheit spricht und singt.

Als Mitglied dieser Bruderschaft von Ästheten ist der Matte Panther ein Herold Arkadiens, ein tänzelnder Faun – ach, ein edler Luchs, der auf dem Kopfsteinpflaster umherstreicht, das unter der Decke des Asphalts schläft! Der Matte Panther ist niemals vulgär, will heißen: er macht sich niemals gemein. Das Allgegenwärtige, Gemeine muss verfemt sein bei jenen, die unter dem grünen Banner des Hermetischen

Ordens der Bagatelle die trillernden Rohrflöten spielen; daher das augenfällige Fehlen des Matten Panthers bei jeglicher Veranstaltung, bei der König Bier Sponsor ist.

Langeweile ist dem Matten Panther fremd, denn er weiß: Wer verdrießlich ist, dem mangelt es an Fantasie. Der Matte Panther erfreut sich an den dürftigsten Reizen des Lebens und wird unfehlbar den erdrückendsten Banalitäten das Verblüffende entlocken. In den Händen des Matten Panthers wird ein Glas Wasser zu Quallenblut.

Der Matte Panther muss durch seinen Lebensstil, sein Benehmen und seine Erscheinung nach einem Zustand zwischen Aplomb und Unwucht streben. Seine sorgfältig gestaltete Existenz – zuvörderst seiner eigenen Freude gewidmet – ist auch dazu gemacht, seinen Mitmenschen Bewunderung, Überraschung oder Unglauben zu entlocken. Und so lebt der Matte Panther beständig mit der Möglichkeit, für einen Nichtsnutz und Einfaltspinsel gehalten zu werden. Und doch kann er, indem er die Torheit transzendiert, im Laufe der Zeit eine Art umgekehrter Würde erlangen.

Der Matte Panther goutiert es, gesellschaftliche Grenzen in einem delikaten Zweikampf gegeneinander auszuspielen; pure Taktlosigkeit ist etwas fürs Fußvolk, er weiß den subtilen, hochgelehrten Frevel zu schätzen.

Der Matte Panther bringt verborgene Lustbarkeiten und Magie zurück in unser modernes Leben, das von gehetzter Gereiztheit und grober Nützlichkeit geprägt ist. Ein Matter Panther gemahnt uns an das, was wir in der verrückten Raserei des alltäglichen Lebens vergessen haben; und diese verborgenen Schätze nutzt er, um uns an unsere eigene Fremdartigkeit und Schönheit zu erinnern.

Wenn er im geschäftigen Treiben der Menschheit sein Werk vollbringt, ist der Matte Panther wie ein Kolibri, dessen Federn das Licht spiegeln und unser Auge blenden, bevor er sich spurlos im Blau des Himmels verliert. Matte Panther wollen Avatare des Unglaublichen

ABB. 35

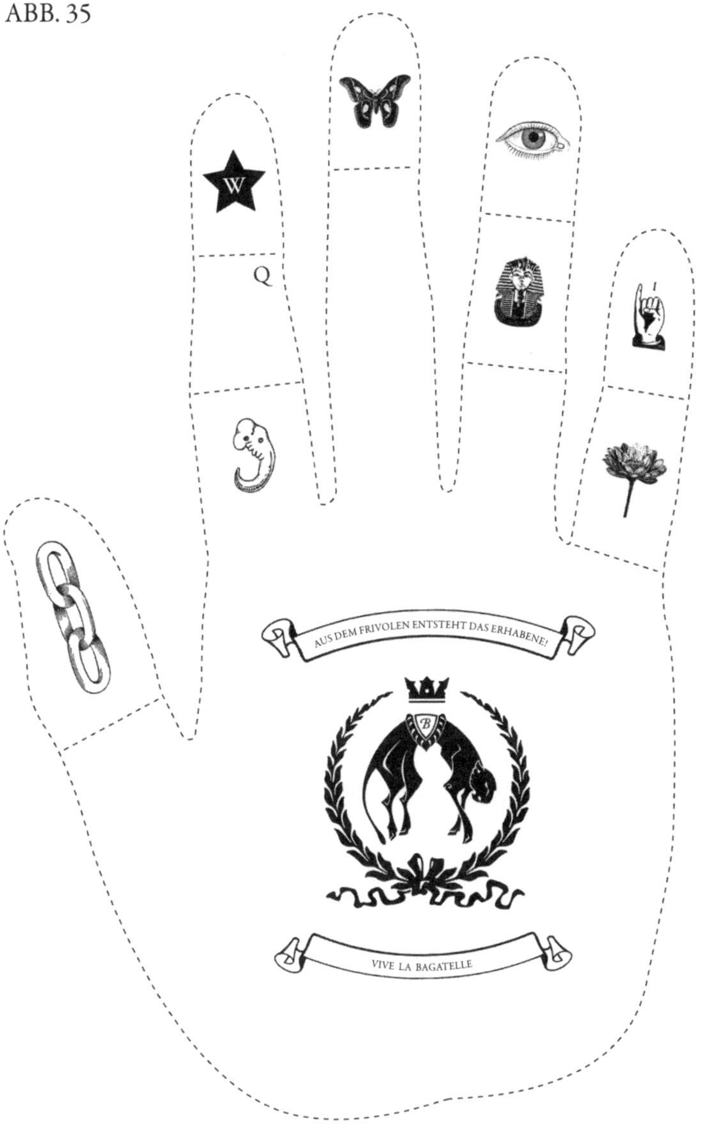

W
Q
AUS DEM FRIVOLEN ENTSTEHT DAS ERHABENE!
B
VIVE LA BAGATELLE

sein, die in ihrem täglichen Wirken erstaunen, betören, verzaubern; ja, bei ihnen entsteht aus dem Frivolen, aus dem Leichtsinn das Erhabene (a).

Diese Gesellschaft von Epikureern hat sich um bestimmte Axiome herum formiert, als da wären: Selbstkultivierung, Extravaganz, Manieriertheit, Hoffart, Großspurigkeit, Gelehrsamkeit, Überschwang und ein entschiedener Widerstand gegen den Popanz der Banalität und andere Schreckgespenster unserer Zeit – ob sie sich nun in Gebaren, Garderobe oder Gedanken äußern. Vor allen Dingen widmet sich der Hermetische Orden der Bagatelle hingebungsvoll dem Ideal, Kunst und Leben zu einer glanzvollen, spielerischen Einzigartigkeit zusammenzuführen.

Einzelne Mitglieder des Hermetischen Ordens der Bagatelle werden hiermit ermutigt, ihre eigene Sparte des Matter-Panthertums in Form von »Zellen« zu bilden und zu leben, da diese unsere Eigenwilligkeit nur unter einem selbst organisierten (wenn nicht gar selbst verherrlichenden) Dach gedeihen kann. In unserem Garten knospen viele unterschiedliche Blumen, und die Bienen mögen jede einzelne zum Liebesakt besuchen!

Salons und Symposien, wo man zur Erleuchtung und Befriedigung aller posieren und anderen Unfug treiben wird, können von und bei Mitgliedern abgehalten werden; das Darbieten sinnloser Schönheit wird ebenfalls ermutigt.

Ihre Ordenszugehörigkeit sollen die Mitglieder bei öffentlichen und privaten Zusammenkünften durch geheime Insignien zu erkennen geben (z.B. eine marineblaue Socke an einem Fuß oder eine Knopflochblume aus Plastik). Solche Erkennungszeichen sollen den Gipfel des Witzes und der Schlagfertigkeit zum Ausdruck bringen. Einen geheimen Handschlag, Roben und andere Riten kann man etablieren, sobald der Orden es für richtig erachtet.

Ein weiterer Hinweis: Im Geiste des Matter-Panthertums müssen sämtliche Statuten und Klauseln des Ordens so bald wie möglich missachtet werden.

Abschließend möchte ich meinen Mit-Panthern verkünden, dass der Anbruch unserer Herrschaft naht: Wir werden heiße Salzbrezeln als Krawatten tragen und Transitmünzen als Schuhschnallen, wenn die Sonderliche Revolution bevorsteht! Ich entbiete euch allen einen wohlwollenden Abschiedsgruß mit unserem alten Motto, der Parole: *Vive la Bagatelle!*

Des Buches zweither Theil

METAPHYSISCHE GLOSSEN

DER VOLLKOMMENE HEURISTOKRAT

oder: Die Kunst philosophischer Fiktionen; das Schaubild als ästhetisches Objekt

Ich hatte kürzlich das Glück, bei einem Besuch der American Philosophical Society in Philadelphia eine Ausstellung zur visuellen Kultur in den Anfängen der Naturgeschichte Nordamerikas zu sehen. Meine stets empfindsame Seele war von der Sammlung der Stücke, die aus der Zeit vor der Aufklärung stammten, tief berührt: Dem Besucher wurde eine berauschende Mischung aus Kunst, Wissenschaft und Geschichte präsentiert, garniert mit einem Tupfer anspruchsvoller deistischer Theologie. Da waren die Tagebücher von Lewis und Clark ausgestellt; Erasmus Darwins aufkeimende Gedanken zur Evolution, in Verse gefasst; herrliche Skizzen und Aquarelle von Pflanzen und Tieren – und natürlich Schaubilder und Tabellen, die jedes bekannte Tier und jede bekannte Pflanze kategorisieren und Vermutungen über die Schöpfungen der natürlichen Welt anstellen. Unter all den ausgestellten Schätzen ging von diesen wundervoll gestalteten Tabellen und Systematiken die größte Anziehungskraft aus. Bei ihrem Anblick musste ich über die außerordentliche Anstrengung, die Hybris und den Gestaltungswillen sinnieren, die große Geister wie Carl von Linné in diese Konstrukte einfließen ließen. Das Nebeneinander von Unvollkommenheit und unbedingter Begeisterung bezauberte mich schon; noch mehr aber nahm mich ihre makellose gedankliche Kunstfertigkeit ein.

Solche Tabellen, Schaubilder und Modelle, die auf Vermutungen beruhen, sind Kinder der HEURISTIK, einem methodischen Weg zu Entdeckungen und Erfindungen, der älter ist als die moderne

Wissenschaft; die Heuristik will eine Lösung finden, die aber nicht notwendigerweise die Lösung ist. Mit heuristischen Verfahren lernt und entdeckt man durch Erkundung – also mithilfe von Versuch und Irrtum. Mit der Zeit sammelt man einen Satz an Beobachtungen und Erfahrungen, die zu einer Hypothese oder einem Modell führen – das möglicherweise nicht vollkommen, aber für das zu lösende Problem ausreichend ist. Heuristiker legen eher kleine Klötzchen unter den Schrank, um ihn wieder ins Lot zu bringen, als das ganze wellige Parkett zu ersetzen. Es gibt sogar Parallelen in der Natur: Der »Daumen« des Pandabären ist in Wirklichkeit ein vergrößerter Handwurzelknochen! Nicht die ideale Lösung, aber sie reicht, um ihn bis in die Baumwipfel zu bringen.

Für die Absichten derer, die wie ich die Heuristik als eine Kunstform betreiben – die HEURISTOKRATEN –, müssen heuristische Anwendungen nicht furchtbar nützlich sein, sondern einfach nur interessant. Wie Rube-Goldberg-Maschinen haben solche Konstruktionen ihren ganz eigenen Charme. Heuristische Maschinen sind Spielzeug und Werkzeug zugleich; in einem geeigneten Kontext können sie aber durchaus partielle Erleuchtung oder sinnvolle Hirngespinste erbringen.

Eine heuristische Anwendung kann logisch und umsichtig erscheinen, aber das mag dann nur in ihrem eigenen geschlossenen System wahr sein; wobei manche Heuristik es viel weiterbringt, wie unschwer an den grafischen Darstellungen eines Archimedes oder Kepler und den Modellen eines da Vinci zu erkennen ist. Eine heuristische Anwendung scheint einer Sache eine Form zu geben, ohne dass eine Struktur erkennbar ist, obgleich man anfügen muss, dass die Heuristik nicht immer gangbare Wege garantiert – was auch den Reiz heuristischer Anwendungen ausmacht. Bei näherer Betrachtung oder auch dauerhaftem Kontakt mit der Außenwelt halten einige dieser Modelle der Wirklichkeit in der Tat nicht stand; schließlich sind die meisten von ihnen auch nur für den temporären Gebrauch bestimmt (man frage nur jeden guten Schachspieler). Allerdings stolpert man hin und wieder über neue Einsichten, die man erfolgreich auf andere Bereiche anwenden kann – mit weltbewegenden Ergebnissen.

Und so wenden wir eine Methode der Aufklärung an und verpflichten sie im Dienste des Angenehmen, Vergnüglichen und Fantasievollen: ein apollinischer Stern an einem dionysischen Wagen. Untenstehend findet der geneigte Leser einige Faustregeln, nach denen sich so intellektuelle Imponderabilien erstellen lassen. Das heuristische Credo lautet:

Die Heuristik kann als Kunstform betrachtet und angewandt werden, da sie von Haus aus unvollkommen und fragmentarisch ist.

Das wahre Ziel des Heuristokraten ist ein hoher Grad an Erfindungsreichtum, innerer Kohärenz und Scharfsinn bei den eigenen Einsichten, Formulierungen und Mutmaßungen; wobei glückliche Fügungen auch eine darüber hinausweisende Relevanz ergeben können – was aber letztlich eine nebensächliche Erwägung ist.

Heuristische Anwendungen – Modelle, Metaphern, Schaubilder, Systematiken, Tabellen und andere spekulative Mittel – kommen in der Erforschung jener Gebiete zum Tragen, die sich völliger Eindeutigkeit oder absolutem Verständnis entziehen.

Heuristokraten stricken Pullover für Amöben; will heißen, sie konstruieren Gerüste um das Veränderliche, Nebulöse und Uneindeutige. Grafische Darstellungen und andere heuristische Anwendungen sind pure Raster und Skelette, die über das gelegt werden, was bereits existiert; sie sind nie identisch mit ihrem Forschungsobjekt und gewichten nur einen Teil dessen, was sie untersuchen, oder legen nur eine vorläufige Erkenntnis dar. Denn die Nadeln, mit denen der Schmetterling auf der Schautafel befestigt wird, sagen wenig über die Natur dieses Wesens aus. So ist also die Kunst des Heuristokraten, den Rahmen zu schaffen und nicht das Bild.

Je detailreicher und ausgearbeiteter die innere Logik einer heuristischen Anwendung ist, desto bestrickender wird sie.

Manche bereits bestehenden Ideen werden in unpassende Gefäße gepresst und müssen dann nur aus diesen Gefäßen befreit werden, um verstanden zu werden. Indem man eine Idee grafisch darstellt, die bisher nur über einen Text kommuniziert wurde, oder indem man eine abstrakte Theorie mit einem konkreten Beispiel versieht, kann man ein neues, frisches Licht auf ein bisher langweiliges, undurchsichtiges Thema werfen. Möglicherweise wird so das Forschungsobjekt in seiner ganzen Bandbreite eingeengt, aber manchmal braucht man eben enge Türen, um überhaupt in die Eingangshalle zu gelangen.

IM UNBEWEGLICHEN BEWEGLICH

oder: Weshalb das beinah Unbelebte sich zum beinah Belebten hingezogen fühlt

Dandys, die wohlriechenden Schamanen, bewohnen die ZWIELICHTEN GEFILDE (a) zwischen dem BELEBTEN (b) und dem UNBELEBTEN (c). Infolgedessen identifizieren sie sich stark mit Pflanzen, die ja selbst Lebewesen sind, die sowohl das Gewachsene als auch das Geformte nachzuahmen scheinen.

Und so fühlen sich Dandys – als Lebewesen, die in ihrem Bestreben, ein lebendes Gemälde oder Kunstwerk zu werden, etwas Unbelebtes an sich haben – zu unbelebten Objekten hingezogen, die mit symbolischen, künstlerischen oder historischen Zwischentönen aufgeladen sind und so wiederum beinahe selbst belebt sind. Solche Objekte sind die eigentlichen Gegenstücke zum Dandy. Mehr zu diesem sonderbaren Phänomen findet sich im Essay zur Praxis der RETROSEXUALITÄT (S. 162).

ABB. 36

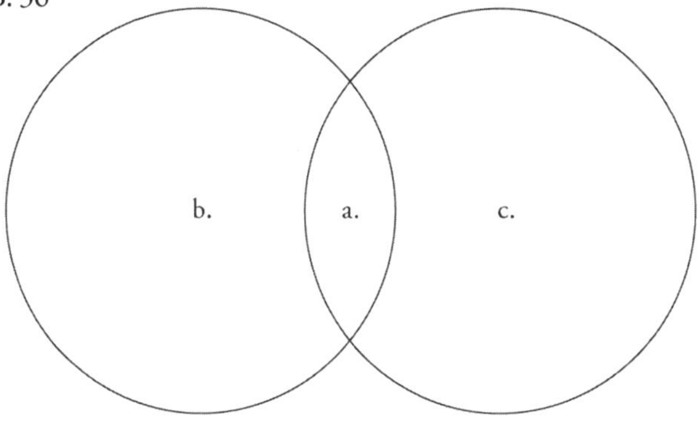

KITZELANTENTUM

oder: Die förderlichen Effekte der künstlerischen und philosophischen Lykanthropie durch beständiges Herumprobieren

Das nebenstehende Schaubild (Abb. 37) beschreibt die Methode, mit welcher das Kitzelantentum (nicht zu verwechseln mit seinem armen Vetter, dem Dilettantentum) im Gehirn des Menschen wirkt. Der KITZELANT (a) oder auch »das Gehirn, das immer juckt«, um es in der Volksetymologie auszudrücken, verwendet sein GEHIRN (b) wie einen Drachen, im Gegensatz zum Großteil der Gattung Mensch, die das Gehirn wie eine Schaufel verwendet, wie (c) es zeigt. Der Kitzelant segelt also durch die höheren Lagen der Betrachtung (d), bis ein göttlicher Funke – durch ein Wort, Bild oder eine Idee entzündet – seine Fantasie (e) kitzelt; die Ergebnisse sind farbenprächtig und verblüffend; oft setzt sogar allgemeine Heiterkeit ein.

Das Kitzelantentum ist, sofern es mit den Grundsätzen übereinstimmt, welche die großen affektierten Provinzpoeten der Vergangenheit etabliert haben, eine Seelenreise; hier wird die Rastlosigkeit nur vom Einfallsreichtum übertroffen. Weil der Kitzelant nicht von irgendeiner Allmacht in einem bestimmten Betätigungsfeld geblendet ist, kann er oder sie sich ganz dem Explorieren widmen und dieses Forschen als Fundament für ein interessantes und bedachtes Leben mit breitgefächerten Interessen nutzen – dessen Früchte großzügig mit anderen geteilt werden. Das will aber nicht heißen, dass der Kitzelant nicht auch die Gelegenheit nutzen würde, um segensreichen Profit aus einer Erkenntnis zu schlagen. Das Kitzelantentum ist ein Erbstück aus dem 18. Jahrhundert, und als solches folgt es dem rationalistischen Glaubenssatz, dass man mit sinnvollen Mitteln zu einem sinnfreien Ziel kommen sollte. Er ist kein schmuddeliger Bohemien, der Kitzelant.

Der Kitzelant ist ein Amalgam aus Kultur und Natur, und es ist herzlich wenig unter dem blutigen und güldenen Banner der Schöpfung versammelt, an dem ein solches Individuum nicht interessiert wäre. Der Kitzelant weiß den Wert des Spiels zu schätzen: die gedankliche Geschmeidigkeit und die interessanten Misserfolge, die es

ABB. 37

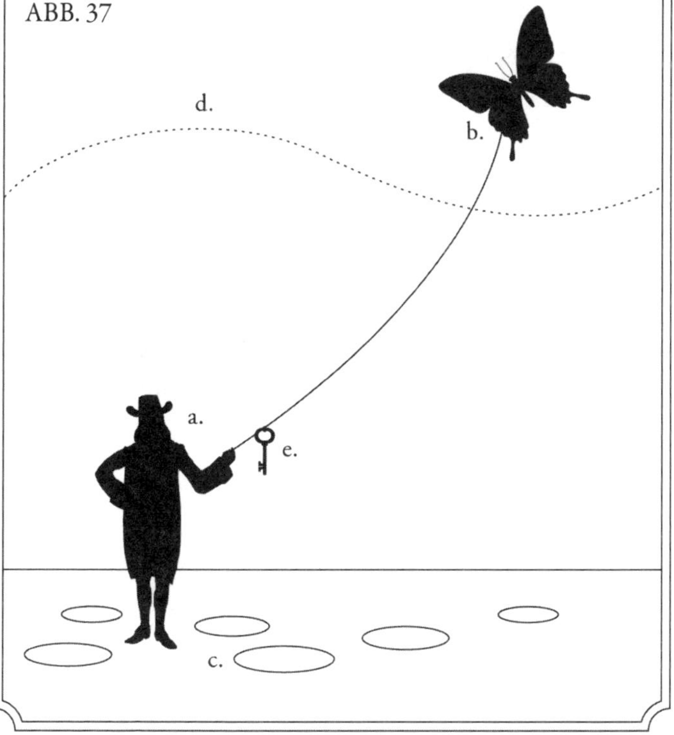

hervorbringt. Der Kitzelant findet Gefallen an der Rolle des ewigen Novizen und der ständigen Erneuerung, die damit einhergeht.

Wir bitten festzuhalten, dass die Behauptung, das Wissensspektrum des Kitzelanten sei einen Kilometer breit und einen Zentimeter tief, jeglicher Grundlage entbehrt; weiß doch der Kitzelant, dass wahre Erkenntnis ernsthaftem und lebhaftem Interesse, dem Fleiß und der Disziplin entspringt. Es sind ja gerade diese Eigenschaften, die letztlich Einblicke in verwandte Interessengebiete ermöglichen und so ein weites Netz von Knotenpunkten der Gelehrsamkeit knüpfen lassen, das seinerseits als eine Art eigenständiger improvisierter Expertise betrachtet werden kann (siehe auch DIE ANORDNUNG DER SYNAPSEN BEIM KITZELANTEN, S. 130). Der Kitzelant darf sich selbstverständlich Fähigkeiten und Lehren zu eigen machen, die zu einer bestimmten Form von Kompetenz oder sogar Vollkommenheit auf gewissen Gebieten führen; es sind willkommene Ergänzungen zu seinem Repertoire, sind sie doch die Schlüssel, die ihm alle Türen öffnen. Der Kitzelant ist wie ein geiler Falter, der gierig von allen Blumen trinkt, die er besucht: ein lüsternes Wesen mit einem unstillbaren Durst auf den Nektar verlockender Orchideen.

Der Kitzelant verwirft in aller Bescheidenheit die These, man müsse auf seinem Lebensweg entweder »in die Breite« oder »in die Tiefe« gehen. Welch ein Irrtum! Kitzelanten wissen, dass die spannendsten Koordinaten, mit denen man seinen Weg bestimmen kann, »dazwischen« und »drumherum« sind.

Und so könnte man argumentieren, dass erst die Kombination aus den Forschungen des Kitzelanten und seines eher nüchternen, weisen Widerparts – des Spezialisten oder EXPERTEN – jegliches menschliche Unterfangen voranbringt. Es ist eine Partnerschaft, die so alt ist wie die von Mann und Frau, und sie hat den Segen der göttlichen Vorsehung, denn beide verkörpern die Kolben im Motor des Fortschritts.

DER MARMORNE FAUN

Ein non sequiturer.

Der marmorne Faun ist ein Tier, das im ewigen Frühling wandelt. Als ein alter Begleiter von Whimsy hat er mit seinen Gaben des leichtfüßigen Humors und der Heiterkeit schon seit langem die Blasen der mittelatlantischen Region strapaziert. Der marmorne Faun sieht nicht, was ihr seht, hört nicht, was ihr hört, fühlt nicht, was ihr fühlt. Denn wisst, sein Herz wurde bei seiner Geburt von den Göttern der Freude geritzt, die in ihrer großen Weisheit einen Splitter hineinpflanzten von dem Baum, der die erste goldene Morgendämmerung der Erde bezeugt hat; sie übertrugen die ewige Jugend auf dessen tödliche Spitze. Man sieht ihm dieses fluchbeladene Geschenk an, wenn er sich nähert, denn er ist zugleich eine muntere und mondscheinnächtliche Erscheinung. Wer ihn küsst, dem verkehrt er die sexuellen Vorlieben; also gebt acht, dass ihr ihn zweimal küsst. Seine Zunge ist seit seiner Geburt nicht mehr gewachsen, weshalb jene kindliche Weisheit über seine Lippen kommt. Er hegt heftige Vorurteile gegen Jungfrauen und wird, wenn sein feiner Geruchssinn eine solche Beute wittert, versuchen, sie beim ersten Anblick zu verspeisen. Die meisten Krebsarten sind ihm willfährig, wenn er sie mit einem Quieken und Schreien zusammenruft. Er hat flüssigkeitsgefüllte Hohlräume in seinem Rücken, die kleine Fische über Stunden am Leben halten können, wenn es denn einmal vonnöten wäre. Er schmückt seine Hufe mit Motiven der Amish und Mennoniten, die er von Salzbrezeltüten abmalt. Ach, wie ich meinen kleinen Faun vermisse!

DIE ANORDNUNG DER SYNAPSEN BEIM KITZELANTEN

oder: Der Whimsy'sche Schlaflosigkeitsmotor

Das nebenstehende Schaubild (Abb. 38) zeigt einen Geist, der von den wechselseitigen Beziehungen aller Dinge in unserer Schöpfung angetrieben – ach, besessen – ist, und es zeigt die Methode, mit der besagter Geist ein bislang in der zivilisierten Welt beispielloses Spektrum an Wissen und Erkenntnissen zusammentragen kann. Der äußerste Ring stellt die gelegentlichen INTERESSEN des Betroffenen dar, und / oder die Themen, die ihn erst seit kurzem reizen (a); sie fungieren in diesem Stadium vorrangig als Ausgangs- oder Bezugspunkte für ANDERE MÖGLICHE THEMEN (x), die von Interesse sein könnten, oder als Einzelthemen, die in die Sammlung weiter reichender Interessen mit einfließen (hier ENTHUSIASMEN [b] genannt). Enthusiasmen können durchaus für Monate oder sogar Jahrzehnte ruhen, bis eine ausreichend starke Verknüpfung mit einem anderen Enthusiasmus oder Interesse sie irgendwann so zwingend macht, dass sie eine aktive Reaktion erfordern, die sich ihrerseits physisch manifestiert, *idem* in einem PROJEKT (c). Projekte können sich in Enthusiasmen zurückverwandeln, wenn innerhalb eines gewissen Zeitraums keine Reaktion erfolgt, aber ab und an werden sie dem UREIGENEN WESEN (d) anverwandelt, wo die BESTREBUNGEN (e) wohnen. Bestrebungen sind bekannt dafür, ständig im Fluss zu sein, sich hie und da mit anderen Bestrebungen zu verbinden und so eine sogenannte Obsession oder BERUFUNG zu verursachen. Interessen, die so weit in das Ich eindringen, haben die Tendenz, für sehr lange Zeit oder sogar lebenslang im ureigenen

Wesen zu verbleiben – aber in eher quecksilbrigen Persönlichkeiten hat man sie, wenn sie nicht gehegt wurden, in die Umlaufbahnen zurückdriften sehen. Während die Drift nach außen als allmähliche Bewegung charakterisiert werden kann, gilt das nicht unbedingt für die Einwärtsbewegung von Interessen; sie kann in seltenen Fällen – am häufigsten im frühen Erwachsenenalter – zu dramatischen Kettenreaktionen in den inneren und äußeren Ringen führen, die dann in das ureigene Wesen geradezu einschlagen, um dort eine unmittelbare Berufung auszulösen und etwas zu verursachen, was wir den ÜBERWÄLTIGTEN GEIST nennen wollen. Dieser lässt das ureigene Wesen in einem prekären Zustand zurück (Abb. 39), bis es seine innerste Struktur wiederhergestellt hat.

ABB. 38

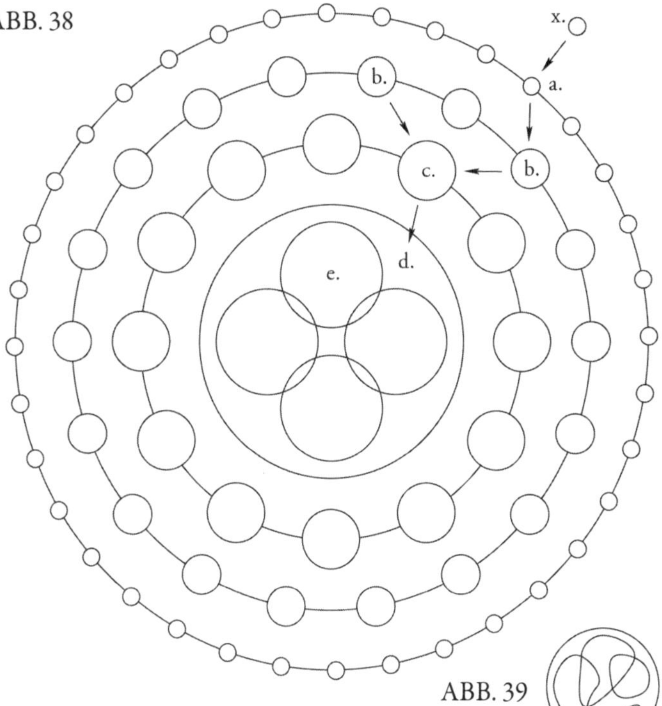

ABB. 39
(Ausschnitt)

ÜBER DAS MERKWÜRDIGE LEBEN

oder: Wie man zu Folklore wird

Das Volkstum ist der Trostpreis der Geschichte für diejenigen, deren Lebenstaten zwar keinen nationalen Gedenktag verdienen, die aber trotzdem von Interesse sind. Die gemeinschaftliche, mündliche Tradition des Volkstums erscheint allerdings vom Aussterben bedroht. Kameras haben unsere Welt so umfassend dokumentiert, dass sie die kreative Beteiligung der Menschen in Fesseln gelegt haben; in Film und Fernsehen werden die Bilder für uns kreiert. Heute wird kaum noch etwas ausschließlich mündlich tradiert; und so werden die wunderbaren Ausschmückungen und Wandlungen, die einst den Humus der Folklore anreicherten, zum Verstummen gebracht. Dinge und Geschehen, die man durch eine Linse dokumentiert, werden der Möglichkeit beraubt, in lebhaften Farben zu wachsen und zu blühen, und werden stattdessen zu alltäglichen Reportagen. Wie können wir diese lebendige mündliche Tradition wiederbeleben? Nun, indem wir selbst ein merk-würdiges Leben führen!

Unser Leben ist der Rohstoff für neue Geschichten. Diejenigen unter uns, die mithelfen wollen, der Welt neue Rattenfänger zu bescheren, müssen den Mut aufbringen – ein jeglicher auf seine Art –, Legenden zu werden: Erstaunen hervorzurufen und dann wieder mit den schattigen Rändern des Daseins zu verschmelzen. Es ist von größter Bedeutung, dass derartige Bemühungen nicht überdokumentiert werden; wie Brotkrumen müssen wir die Fragmente unseres Lebens vor ein paar wenigen Glücklichen fallen lassen, uns aber vom leeren Blick der Kamera fernhalten. Wir wollen die Neugier der Menschen

ABB. 40

a.

b.

(Abb. 40) EIN LEBEN UM DER FOLKLORE WILLEN: *Die Heldentaten des Erfinders und Unternehmers Hezekiah Bradley Smith waren u.a., a) die Bewohner seiner Stadt damit zu erschrecken, dass er einen Elchbullen aus seinem persönlichen Zoo trainierte, seinen Einspänner zu ziehen und b) für seine Angestellten eine Bahnlinie für handbetriebene Fahrräder zwischen seiner Manufaktur und der nahe gelegenen Stadt Mount Holly in New Jersey zu konstruieren. In seinen späteren Jahren heuerte er einen Geigenspieler und sechs junge Damen für seinen Garten an, die dort als seine Höflinge fungierten. Tatsache!*

anstacheln und der allgemeinen Einbildungskraft den Rest überlassen – aber keinesfalls schon zu einer vollständigen Geschichte über uns ermutigen. Man sollte bedenken, dass solche Berichte mit der Zeit weitere Gestalten annehmen und sich mit anderen Geschichten verbinden und so zu einer »Nagelsuppe« werden: zu Patchwork-Kuriosa über eine Persönlichkeit, die vielleicht noch nie in einer einzigen Haut gelebt hat. Wenn ich auf meinem Hochrad umherfahre, meine Falter züchte und über meinem Hauseingang fleischfressende Hängepflanzen ziehe, hoffe ich für meinen Teil ja, dass die Kinder eines Tages Origamiblumen auf ihr Fensterbrett legen werden, damit der »Alte Dimsy« über Nacht ihre Dreiräder repariert.

ÜBER DEN VERWÄSSERTEN UND DEN KONZENTRIERTEN SEINSZUSTAND

oder: Eine kurze Betrachtung über die Entdeckung, Verfeinerung und Vervollkommnung des ureigenen Wesens

Die meisten von uns leben in einem Zustand der konstanten Verwässerung (Abb. 41); was heißt, dass wir erst noch lernen müssen, die unbedeutenderen Wesenszüge in uns wahrzunehmen, die unserer eigentlichen Natur im Wege stehen – welche wir entweder unbedacht angenommen haben oder die man uns aufgezwungen hat, um uns den Gang durch diese Welt zu erleichtern (a) –, um sie von den Zügen, die unser eigentliches Selbst ausmachen, zu unterscheiden. Deswegen hat der große, weise Voltaire uns empfohlen, den eigenen Garten zu bestellen, denn nur wir können die Rosen vom Unkraut unterscheiden. Und da die heutige Gesellschaft wenig Hilfe bei der Kultivierung unseres inneren Versailles bietet, fällt es uns selbst zu, unsere persönlichen Zäune, Hecken und Furchen anzulegen. Fürwahr, wir leben in einer Zeit, in der der Pfad der Selbstkultivierung von der Nachlässigkeit überwuchert wurde.

Mr. Quentin Crisp hat in der Vergangenheit scharfsinnig angemerkt, dass es irrelevant sei, ob wir nun besser oder schlechter sind als die anderen; wirklich wichtig ist, dass wir mehr wir selbst werden. Wir müssen unseren Mut zusammennehmen und tiefer in unsere Psyche eintauchen, um herauszufinden, was unser ureigenes Wesen ist; nur dann können wir es kultivieren und ihm einen geeigneten Platz in der großen Tiara des Lebens finden. Sobald wir nämlich unser Wesen selbst klarer erkennen – ob nun zum Guten oder zum Schlechten –, wird auch unser Lebensweg deutlicher sichtbar. Wir finden heraus, wo auf dieser Welt wir unseren Neigungen zum Besten folgen, und wir können leichter unser erhöhtes Selbst heraufbeschwören; will heißen, unser Wesen in seinem mächtigsten, am wenigsten verwässerten Zustand – unseren Wesenskern (Abb. 42).

Nichtsdestoweniger sollten wir im Hinblick auf unsere Grenzen realistisch bleiben; da wir alle endliche, zerbrechliche Wesen sind, kostet es große Anstrengung, unser erhöhtes Selbst zu beschwören. Selbst meine Wenigkeit, Whimsy, deren Inkarnation regelmäßig vor einem geblendeten Publikum in ihrem höchsten, aufgeladensten Zustand erscheint, selbst ich muss meist in unterschiedlichen Stadien der Verwässerung existieren – auch wenn man natürlich immer den Kern dessen erkennen kann, was einen zum Whimsy macht. Schließlich ist auch ein schlafender Vulkan immer noch ein Vulkan.

Wie jede Lilie in voller Blüte bestätigen wird, verlangt die hochkonzentrierte Form Energiereserven, die wiederum Ruhe- und Erholungszeiten erforderlich machen. Mit Blick hierauf muss jeder für sich entscheiden, welche Aspekte seines Lebens eine gewisse Verwässerung vertragen und welche nach der vollen Pracht unserer selbst verlangen. (Wer es fertigbringt, beim Müllraustragen sogar die eigene Hauszufahrt als Laufsteg zu nutzen, der verdient dann allerdings wirklich ein paar Strophen panegyrischer Lyrik.)

Eine wichtige Anmerkung: Wir brauchen in unserem Leben einen Platz, wo wir unser ganzes erhöhtes Selbst sein können. Denn wenn man für längere Zeit in einem Zustand der Verwässerung existieren muss, steigt das Risiko der Auflösung, durch die man möglicherweise sein ureigenes Wesen verliert – was nichts anderes ist als ein Tod zu Lebzeiten. Wir können die schlurfenden Kadaver überall um uns herum sehen, die nie aus Eigenmacht handeln, immer von unsichtbaren Fäden gezogen werden. Wahrlich ein geisterhafter Anblick!

Nun fragt ihr: »Aber, mein lieber Whimsy, wie kann ich jemals einen so aufgelösten, elenden Zustand vermeiden?«

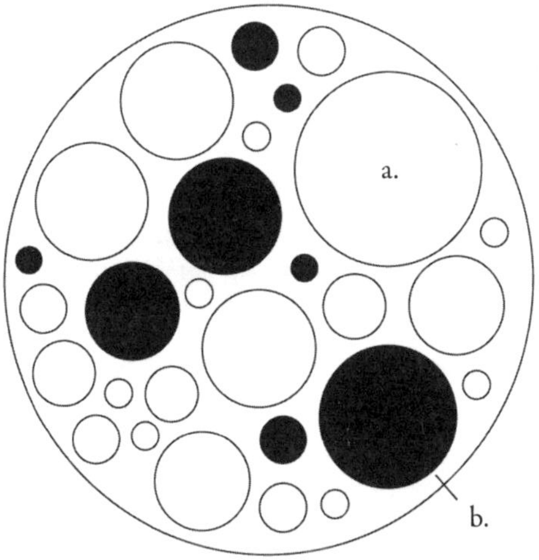

ABB. 41: *Aufgeblasen, schwerfällig, unscheinbar*

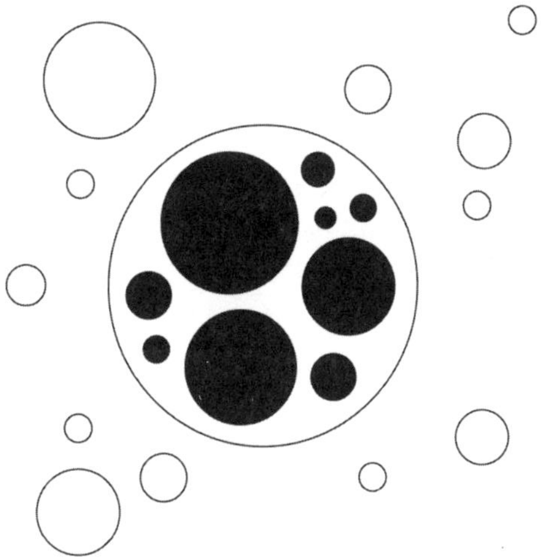

ABB. 42: *Machtvoll, geschmeidig, unverkennbar*

Ich halte es für eine wirksame Methode der Selbstkultivierung, die Welt wie eine Drehtrommel zu verwenden, in der man Steine schleift: Verwendet euer Äußeres als Zugang zu eurem Inneren. Befördert das, was innen ist, nach außen und lasst die Welt damit interagieren. Mit der Zeit wird sie das Bleibende polieren und das, was nicht wirklich zu eurem Wesen gehört, abschleifen. Was bleibt, wird so einmalig sein wie ein chinesischer Stein der Weisen; jede Vertiefung und jede Ausbuchtung ein Ausdruck eurer Einzigartigkeit.

Gleichzeitig muss man sich selbst vergrößern, indem man äußere Elemente (Wissen, Fähigkeiten, Verständnis etc.) sucht, die das eigene Wesen fördern oder Facetten seines Wesenskerns ans Licht holen, die bislang blind geblieben sind; so findet man den Weg zu dem erhöhten Selbst, nach dem man strebt. Nach und nach werden diese verinnerlichten, erweiternden Elemente wieder nach außen gebracht, um verfeinert und poliert zu werden, so dass ein endloser Kreislauf entsteht.

Nur durch die Reibung mit der Welt können wir das Beste in uns heraufbeschwören. Es braucht ungewöhnlichen Mut, um sein innerstes Wesen den Wechselfällen des Lebens auszusetzen; doch der Lohn für das Ungewöhnliche kann groß sein. Jeder von uns sollte danach trachten, sein ganz unverwechselbares Wesen zu suchen und weiterzuentwickeln und dann herauszufinden, wie dieses Wesen ihm selbst und den anderen von größtem Nutzen sein kann. Es gibt nichts Besseres als ein gründliches Peeling seiner selbst. Deshalb bitte ich euch inständig: Packt eure Luffaschwämme und Bimssteine und beginnt mit dem Abschrubben!

DAS EINECK

oder: Ein Plädoyer für weiche Kanten

Das Dreieck ist der Tybalt unter den geometrischen Formen. Ellenbogen in die Hüften gestemmt und großspurig – mit so einem Grobian möchte man nur ungern einen Drink nehmen. Und doch kommt die versteckte Eleganz und Schönheit des Dreiecks zum Vorschein, wenn es bereit ist, eine untergeordnete Rolle zu spielen, wie in den Ornamenten islamischer Kachelmosaiken. Genauso können leichte und doch stabile Konstruktionen aus seiner Grundform entstehen, wenn es *en masse* verwendet wird: Man muss nur den Eiffelturm anschauen, um zu sehen, wie gut sich das Dreieck als Besetzung in einer Nebenrolle macht. Ja, mithilfe des Dreiecks lassen sich sogar gebogene Oberflächen konstruieren – selbst Sphären wie die berühmten geodätischen Kuppeln von Mr. Buckminster Fuller. Auch wenn sie ausschließlich aus Dreiecken bestehen, können sie so organische Formen annehmen wie eine unter dem Mikroskop betrachtete, blasenartige Wimperkugel-Grünalgenkolonie *(Volvox globator)*, die auf der Oberfläche eines Tümpels schwimmt.

Das Dreieck kann dramatisch sein, als Grundelement sogar herrschaftliche Züge annehmen, wenn es mit natürlichen Materialien verbaut wird, die mit der Zeit wie Lebewesen ihre Gestalt ändern – man nehme nur das Beispiel der Pyramiden; genauso kann es einen lebendigen Gegensatz bilden, wenn es sich in flexiblen Materialien wie in einem geblähten Segel oder einem flatternden Wimpel zeigt. Und doch wird die dem Dreieck inhärente Strenge für gewöhnlich überbetont, wenn es mit ähnlich strengen Baumaterialien und Techniken verwendet wird, die häufig nicht schön altern und es dann harsch und trostlos und irgendwann schmuddelig aussehen lassen. I. M. Peis Eingangspyramide zum Louvre aus Glas und Stahl verwendet das Dreieck als wichtigsten Blickpunkt, und es ist tatsächlich ein erfrischender

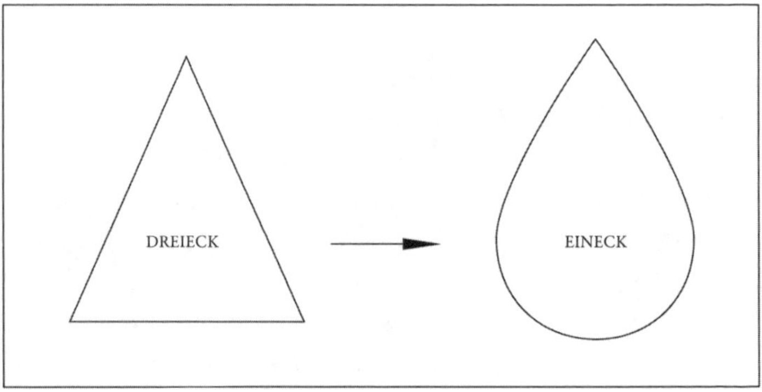

ABB. 43: *Das Eineck*

Kontrapunkt zu diesem altehrwürdigen Museum; aber wenn sie nicht inmitten der detailreich ausgearbeiteten Mansarden, Fensterbogen und Kolonnaden dieses massiven Gebäudes stünde, würde die Pyramide ohne Zweifel ihre Umgebung dominieren, als Aushängeschild für eine schrille, stachlige Welt, in der aufgeblasene Luftballons und Frösche nicht mehr sicher sind. Plopp!

Ich möchte in aller Bescheidenheit vorschlagen, das Dreieck fortan zu zähmen und eher als dienende denn als herrschende Form zu verwenden. An seiner statt führe ich eine Form ins Feld, die den bedrohlichen Extremitäten des Dreiecks abhold ist und so für ein zivilisiertes Umfeld geeigneter erscheint: das Eineck (Abb. 43).

Im Fall von Londons neuem gürkchenförmigen Wahrzeichen »The Gherkin« (zu Deutsch: Gewürzgurke) können wir sehen, wie sich das Eineck viel gefälliger in den modernen architektonischen Gebrauch übertragen lässt als sein Elefant-im-Porzellanladen-Cousin. Im

Gherkin findet sich das Dreieck immer noch, aber klug verwendet: Es hat sich der tropfenförmigen Gestalt des Einecks untergeordnet. Das Eineck sticht nicht ins Auge, wie es das Dreieck tun würde, und es erinnert an ähnliche Formen, die sich in der Natur wiederfinden: Pilze, Koniferen oder Gemüse und Obst in leicht zweideutiger Gestalt. Der Gesamteindruck der Skyline wäre dann also verspielt und irgendwie erotisch, nicht abstoßend: süß-säuerlich, nicht stachlig.

Warum sollten wir dreimal mehr Ecken in der Welt haben, als wir brauchen? Stellt euch eine Welt ohne unnötig scharfe Kanten vor; vielleicht würden die Menschen selbst weniger scharfkantig werden, weniger Ellenbogen einsetzen, wenn sie von so primitiver Geometrie verschont blieben. Hinfort, harte Kanten!

KONTINUITÄT vs. NOSTALGIE

Weshalb die Reichtümer aus früheren Zeiten uns in die Zukunft begleiten müssen

Nostalgie: Der scharlachrote Buchstabe, das Schandmal unserer Zeit. Sie ist die Waffe der Wahl für die liberale Laberklasse, wenn sie eine Idee als bedeutungslos brandmarken will. Diejenigen, die mit dieser unerlaubten Substanz handeln, werden verdächtigt, ein kulturelles Rückzugsgefecht zu führen, was vermutlich die schlimmste aller zeitgenössischen Sünden ist. Und natürlich laufe ich als jemand, der Essays über Bewegungen wie RETROSEXUALITÄT (S. 162) verfasst, Gefahr, wegen genau solcher Häresien vor den Kadi geschleppt zu werden. Zu meiner Verteidigung möchte ich anmerken, dass es einige wichtige Unterscheidungen zu treffen gilt zwischen der Nostalgie und ihrer kultivierteren Cousine, der Kontinuität.

Vielleicht werden manche Themen oder Dinge auch deshalb als nostalgisch bezeichnet, weil die heutige Zeit eine allgemeine Feindseligkeit oder Gleichgültigkeit gegenüber der Vergangenheit an den Tag legt. Mit »Vergangenheit« meine ich alles jenseits der letzten vier Jahrzehnte, die man allem Anschein nach immer häufiger wiederkäut, wie ein Pudel, der dieselbe Auster zum fünften Mal hervorwürgt. Die vorherrschende Moral unserer Zeit hat keine Wertschätzung für die Idee der Kontinuität; das meiste, was vor uns kam, wird wegwerfend behandelt – eine »Papierhandtuch-Theorie« der Geschichte, wenn man so will. Das war ja ursprünglich der Dünkel der Boheme, hat aber inzwischen die Gehirne der durchschnittlichen Zivilbevölkerung erreicht und ist zum Status quo geworden. Heutzutage ist Vernachlässigung oder Missbrauch unserer Vergangenheit nachgerade die Definition von Modernität; jenseits von gelegentlichen Kostümdramen oder Feiertagen wird jegliche Verbindung zur Vergangenheit als weinerlich oder sentimental, lies: nostalgisch abgetan. Na gut, man bringt seine Vergangenheit mit, aber sie wird momentan wie der flohverseuchte Maulesel behandelt, den man an den letzten, altersschwachen Planwagen des Trecks gebunden hat.

Im Allgemeinen wird man zwischen NOSTALGIE (Abb. 44) und KONTINUITÄT (Abb. 45) wie folgt unterscheiden: Nostalgie sehnt sich danach, die Gegenwart (a) in die Vergangenheit (b) zu überführen;

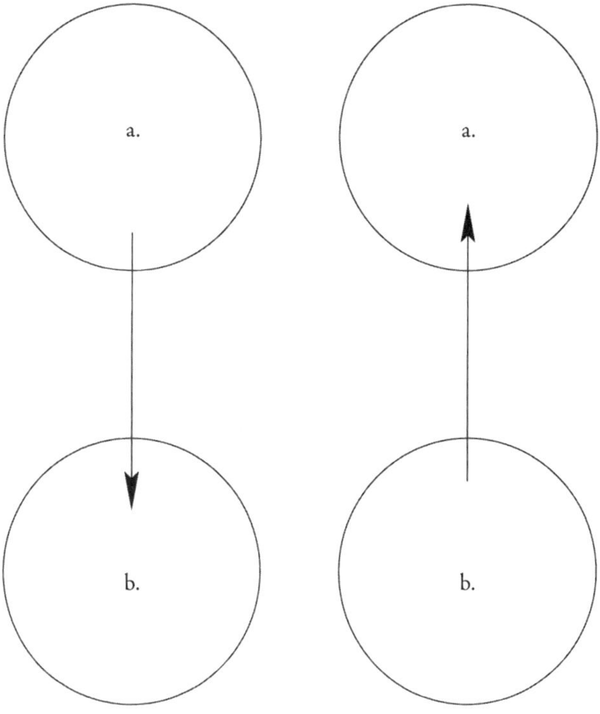

ABB. 44: *Nostalgie* ABB. 45: *Kontinuität*

Kontinuität möchte die Vergangenheit (b) in die Gegenwart überführen. Nostalgie existiert losgelöst von der Welt, ist starr und unflexibel, während die Kontinuität mit der Welt verbunden ist, und ständig im Fluss; sie vereint das, was war, mit dem, was sein wird. Nostalgie ist eine oberflächliche, vulgäre Vereinnahmung der Vergangenheit, eine Farce; Kontinuität ist eine kultiviertere, tiefer gehende Verinnerlichung der Vergangenheit, eine Synthese.

Ein persönliches Beispiel: Obwohl manche meiner Outfits einen historischen Beigeschmack haben, ist meine Garderobe überwiegend recht modern (auch wenn man mir nachsagt, ich trage meine Kleidung auf eine archaische Art). Selbst meine von der jeweiligen Epoche beeinflussten Accessoires sind ja für eine zeitgemäße Anwendung gedacht, ganz ähnlich wie die anachronistischen Priestergewänder, die man an Andachtsorten sieht. Meine »Gewänder« verleihen meinen öffentlichen Auftritten eine spielerische Theatralik und befriedigen gleichzeitig meine ungebührliche Liebe zu Samt.

Monsieur Baudelaire hatte recht: Wir können den Zeitgeist einer vergangenen Epoche nicht wirklich nachahmen – die Umgangssprache, die Eigenheiten, die Geisteszustände, den Alltagsrhythmus –, weil er mit den Menschen aus dieser Epoche verschwunden ist. Was uns bleibt, sind die hinterlassenen Fragmente und unsere Einbildungskraft; es ist also töricht, es unbedingt »richtig machen« zu wollen, insbesondere, da man besonders erfrischende oder aufregende Ergebnisse erzielen könnte, wenn man es richtig falsch macht. Die Vergangenheit sollte als Inspiration oder Tradition gesehen werden, aus der man schöpft, aber man sollte ihr nicht sklavisch ergeben sein oder sie als ästhetische Krücke verwenden. Die Moden der Vergangenheit bis aufs i-Tüpfelchen nachzuahmen ist eher eine Form von Historienspiel als wahres Dandytum. Ein Dandy ist ein einfallsreiches Wesen, das danach strebt, immer wieder Neues zu erfinden; er bringt eine gewisse Frische ins Alltagsleben. Er kultiviert eine Markenzeichen-

Ästhetik, und auch wenn er die Reichtümer der Vergangenheit seinen eigenen Zwecken anpassen wird, so nimmt er seinen Tee noch lange nicht mit Mottenkugeln.

Gleichwohl sollten wir freimütig von allen Segnungen der Zivilisation Gebrauch machen, ob sie nun zwei Tage oder zwei Jahrtausende alt sind. Sie sind unser Erbe und unser Geburtsrecht – lasst sie uns genießen! Wenn Anleihen aus der Vergangenheit eine schönere Zukunft ermöglichen und uns zu kultivierteren, freundlicheren Menschen machen, umso besser. Wir bereichern uns fortwährend durch Anleihen aus anderen Kulturen, warum nicht auch aus anderen Zeiten? Sind wir nicht langsam an dem Punkt, wo die Ablehnung gewisser Dinge, nur weil sie »passé« sind, selbst »passé« ist? Vielleicht können wir unser gegenwärtiges Schicksal ändern, wenn wir das Beste (oder das, was wir für das Beste halten) aus vergangenen Zeiten übernehmen. Ist das nicht ohnehin die Idee hinter der Zivilisation? Umarmt die Hybridwesen, die aus den Rendezvous zwischen Vergangenheit und Gegenwart entstehen: Umarmt die Kontinuität!

MEIN LIEB' VERSCHMÄHT DEN YAM

Ein unartiges Sonett für meine Lady

Was die Natur mit ihrer grünen Hand geschrieben
Drückt meine Liebste gern an ihre wogende Brust;
Von allem, was in Sand oder Erde getrieben,
Sorgt nur die süße Knolle für heftigen Frust:
Der Yam beleidigt in Textur und Geschmack
Ihren heiklen Gaumen. Sie klagt und empört sich:
»Du weißt, dass ich das nicht mag«,
Spuckt es aus, »so ein Matsch, wie eklig!«
Ich aber liebe die Knolle, kandiert und mild,
Doch mein Hunger muss oft Umweg' ertragen ...
Tja: Wenn unterm Gürtel mein Yam schwillt,
Flieht meine Lady das süße Jagen.
Ach, Liebste, verschmäh meine Knolle nicht –
Ich will doch nur deine Schinken und dich!

CAMP vs. ÄSTHETIZISMUS

oder: Eine kurze Analyse der Bandbreite innerhalb des Dandytums

Umseitig findet sich ein Schaubild (Abb. 46), das die Bandbreite innerhalb des Dandytums nachzeichnet; im Besonderen die Skala zwischen den beiden Polen des ÄSTHETIZISMUS [A] und seines neueren Gegenstücks, des CAMP [B].

Die verschwisterten Welten des Ästhetizismus und des Camp reichen weit über die bescheidenen Grenzen des Dandytums hinaus; und doch haben sie sich so entwickelt, dass das Dandytum ein Punkt ist, wo die beiden Sphären sich treffen. Ästhetizismus war die frühere philosophische Entwicklung innerhalb des Dandytums, später gefolgt von seinem spiegelverkehrten Vetter, dem Camp. Wo der Ästhetizismus den Feinsinn und die Selbstkultivierung würdigt, die man benötigt, um das Exquisite und Seltene wertzuschätzen, hat Camp Freude an seiner breitgefächerten Kenntnis der Popkultur und an seiner Fähigkeit, dem Vulgären, Übertriebenen ins Gesicht zu lachen. Camp – als Antwort auf die Kommerzialisierung der Kultur in der Moderne – umarmt die Popkultur, während der Ästhetizismus sich von ihr zurückzieht. Camp weiß, dass das, was er da gleichzeitig verspottet und feiert, schlechter Geschmack ist, aber seine lärmende, alberne Theatralik hebt solche Vereinnahmungen auf eine neue Ebene der Absurdität; er versucht bei vollem Bewusstsein, das Dümmliche und Kurzlebige zu zelebrieren, aber nicht auf plumpe Art und Weise. Im Gegensatz dazu findet der Ästhetizismus die stille, intensive Freude, die aus einer aufrichtigen Würdigung des Sublimen herrührt, wesentlich erfüllender und lohnender.

Diejenigen, die innerhalb dieser Skala nach Eindeutigkeit trachten, suchen möglicherweise vergebens, denn Ästhetizismus und Camp werden, wenn auch in unterschiedlichen Anteilen, überall im Dandytum zu finden sein; sie sind beide wesentlicher Bestandteil des Rätselhaften und Nuancierten, die für das Dandytum notwendig sind. Der Grund dafür ist einfach: Reiner Camp ist zu schrill und reiner Ästhetizismus zu ernsthaft, um ein so fein austariertes Gewächs wie das Dandytum zu erhalten; es braucht eine Mischung sowohl aus spielerischer Distanziertheit als auch aus fiebriger Hinwendung, die man im Blut haben muss; unsere Skala erfasst ihre jeweiligen Anteile.

Die Position ganz links (a) wäre somit von den grellsten, übertriebensten Vertretern des Dandytums besetzt, von denen einige sogar so weit gehen, mit der Travestie selbst zu flirten. Viele der zeitgenössischen Dandys bringen sich hier besonders ein, weil es der Punkt ist, wo Camp und Popkultur sich treffen. Der größte Teil der Normalbevölkerung ist sich heutzutage nur der Camp-Seite der Dandys bewusst, weil sich an diesem Ende die meisten Entertainer und andere Popkünstler tummeln.

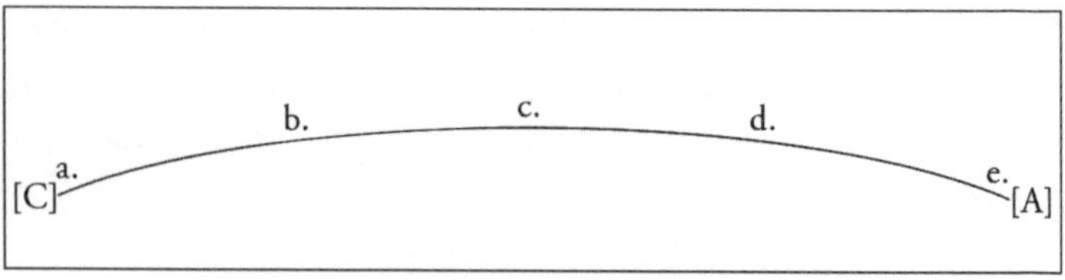

ABB. 45: *Die Camp-Ästhetizismus-Skala*

Weibliche Dandys, die Travestie-Elemente als Eintrittskarten in das meist männlich dominierte Reich des Dandytums nutzen, fallen anfangs auch in diese Kategorie, werden aber mit der Zeit überall innerhalb der Skala zu finden sein. Patrick McDonald, Simon Doonan, John Waters und andere namhafte Schwule sind hier stark vertreten.

Der nächste Punkt auf der Skala (b) ist für jene reserviert, die Camp zwar für sich beanspruchen, also hauptsächlich Humoristen oder Satiriker, die aber aus dem einen oder anderen Grund nicht die flippigen Extreme verkörpern, die man am äußersten Ende des Camp findet. Hier könnte man Wilde ansiedeln, was teils seinem Unwillen zuzuschreiben ist, ganz mit dem Ästhetizismus zu brechen; er ist vermutlich einer der Stammväter einer Camp-Empfindsamkeit, aber er ist in seiner Vorreiterstellung von noch grelleren Vertretern des Camp abgelöst worden, die man im Laufe des vergangenen Jahrhunderts erleben konnte (ein Phänomen, das wir für unsere Zwecke in diesem kleinen Traktat als fließenden Camp bezeichnen wollen). Quentin Crisp ist einer von ihnen, weil man durchaus behaupten kann, dass er seine frühen Jahre am äußersten Rand des Camp verbrachte, später als Schriftsteller und öffentliche Figur aber aus dem Ästhetizismus schöpfte. Humoristen wie Jerome K. Jerome und Saki würde man hier auch finden. Von Mr. Dickon Edwards, dem platinblonden modernen Dandy, Musiker und Autor, hört man ebenfalls, dass er dieses Land der Ironie und Aphorismen bewohnt.

Die Mitte der Skala (c) kann als Wiege des Dandytums bezeichnet werden, eines Dandytums, das vor den Theorien von Baudelaire und vor dem Getöse des Camp existierte; hier finden wir die Galionsfigur des Dandytums, Beau Brummell. Die Mitte gehört wahrscheinlich den Dandys mit umgänglichem Gemüt, die sich beider Richtungen gleichermaßen bedienen oder die beide Enden des Spektrums mit einer gewissen Distanz und Besonnenheit betrachten, wie das bei Cecil Beaton, Max Beerbohm oder Noel Coward der Fall ist. Ähnlich wird es wohl mit den Dandys aus den zwanziger Jahren gewesen sein: »aufgeweckte junge Kerle wie F. Scott Fitzgerald«, »Deco Dandys« und andere, die nach dem Aufstieg des Ästhetizismus, aber vor der gleißenden Dominanz des Camp kamen.

Die Mitte (d) des kontemplativeren Flügels des Dandytums, des

Ästhetizismus, wird hauptsächlich von Künstlern mit ausschweifendem Lebensstil, Epikureern und Hedonisten besetzt: diejenigen, die vom Credo des Ästhetizismus beeinflusst sind, sich aber vielleicht doch auf ihren exklusiven Genuss und Zeitvertreib konzentrieren wollen. Gerard de Nerval, Robert de Montesquiou, Whistler, Manet und die Herren McDermott und McGough könnten als passende Wahl gelten. Dandys, die diesen Teil des Spektrums bevölkern, stellen das Vergnügen an ihren selbst geschaffenen Welten über alles.

Das äußere Ende des Ästhetizismus (e) ist den »Theorie-Enthusiasten« des Dandytums ein Zuhause: diejenigen, die sich den Ethos des Ästhetizismus und solcherlei Ideen aktiv zu eigen machen, wie Théophile Gautier, D'Aurevilly, Proust und insbesondere Baudelaire. Dieser Bereich wird von den eher gallischen Stämmen des Dandytums bevölkert. Sie hängen einem nach innen gerichteten Credo an und schätzen die Momente der intensiven Kontemplation und Träumerei – auch wenn ihre Vorlieben gelegentlich zu Exzessen führen können, zu einer gestreiften Seidenhose etwa oder einer absolut übertriebenen Beschäftigung mit einem aufgeweichten kleinen Gebäckstück. Die äußersten Bereiche des Ästhetizismus befinden sich dort, wo Sprachfetzen gedankenschwerer Konversationen über die Feinheiten von *Le Peintre de la Vie Moderne* (deutsch: *Der Maler des modernen Lebens*) oder *Du Dandysme* (*Über das Dandytum*) durch Kreuzgänge wehen. Das Dandytum wird hier im Kopf genauso wie auf dem Rücken liegend praktiziert.

Solche Abgrenzungen können nur Fingerübungen sein, und es gilt festzuhalten, dass etliche Dandys im Laufe ihrer Karriere vermutlich viele Punkte entlang dieser Skala streifen.

Die Pendelbewegung zwischen den beiden Polen des Ästhetizismus und des Camp erlaubt eine große Variation an Ausdruck und Theorie innerhalb des Dandytums; nichtsdestoweniger fragt man sich, wie groß dieser Pendelausschlag innerhalb der Skala noch werden kann, bevor die Grundprinzipien zu verwässert werden, um die Definition von Dandytum noch zusammenhalten zu können. Ist es möglich, dass diese Welt zwischen den Welten nun ihre größte Ausdehnung erreicht hat? Falls ja, sollte dies kein Grund zur Besorgnis sein: Das Dandytum wird sich vermutlich in gleichermaßen paradoxen Formen immer wieder neu erschaffen, sich neuen Umgebungen anpassen und sich neue Ideen zu eigen machen. Um William Hazlitt falsch zu zitieren: Das Dandytum schöpft aus und befindet sich immer in »[dem] … letzten und dünnsten aller intellektuellen Gefache.«

ÜBER DAS DIAPHANE

oder: Die Freude, am schwindenden Rand des Seins zu flanieren

Das Diaphane ist eine Synthese aus: der Ästhetik des sanften Naturalismus in der japanischen Kunst, dem Wabi-Sabi; dem Überschwang und der Leichtigkeit barocker Kammermusik des 18. Jahrhunderts; der Feinheit und Präzision der Imagistenlyrik und der sublimen Kühle, die sich in manchen Werken der Moderne findet.

Das Diaphane würdigt das, was ein Minimum an »Da-Sein« ausstrahlt: Es ist eine stark verfeinerte Ästhetik, deren Anhänger nach den fragilsten, flüchtigsten und kaum mehr wahrnehmbaren Sinneneindrücken suchen. Der Diaphanismus ist dort zu Hause, wo unsere Welt zu schwinden beginnt; er bezeugt all jene Momente, in denen unsere Umwelt bis fast zum Verschwinden zurückweicht und sich aufzulösen scheint – wie die schmalen grünen Finger des Farns auf einer Waldlichtung oder das verhallende Trommeln eines durchziehenden Sommerregens.

Diaphanismus finden wir an der papierdünnen Kante des Daseins, wo er seine Abermillionen durchsichtiger dünner Beinchen über dem Abgrund baumeln lässt. Dort, an der durchscheinenden Peripherie, wo es sich beinahe in Luft auflöst, schätzt man das Dasein unsagbar hoch – und deshalb gedeiht dort das Diaphane. Es gleicht dem Papierdrachen, den man so weit wie möglich in die Lüfte hat steigen lassen; nur seine Nabelschnur führt noch in einen bedeckten Himmel. Noch ist er in unsrer Welt, doch schon fast entschwunden. Dieser prekären Verbindung zu unserer Existenzebene verdankt das Diaphane seine Macht, uns mit Ehrfurcht zu erfüllen.

ABB. 47

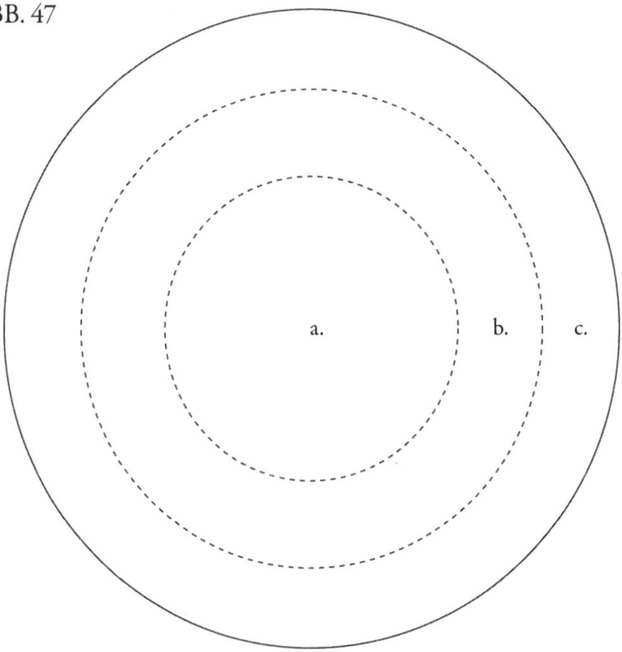

ABB. 48

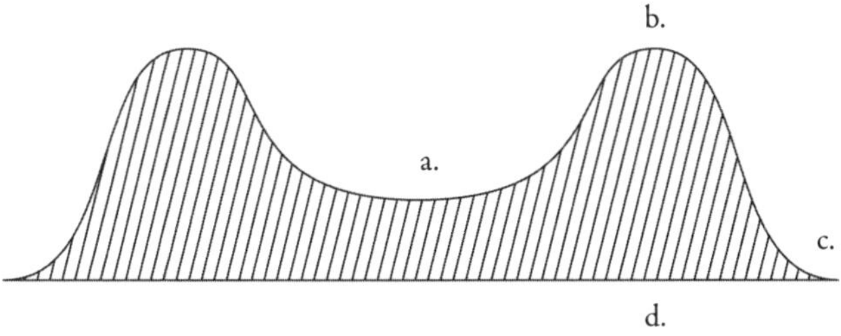

KARTE DER MENSCHLICHEN EXISTENZ: *Ansicht* VON OBEN *(Abb. 47) und* IM QUERSCHNITT *(Abb. 48) hinsichtlich der* BANALITÄT *(a), des* ÜPPIGEN *(b) und des* DIAPHANEN *(c); in Bezug auf den* GRUND DES SEINS *(d).*

Obwohl das Diaphane stets inmitten des üppigen Spektakels unserer Welt und in ihrer handfesten Schönheit anzutreffen ist, hält es sich doch abseits dieses derben Pomps. Allerdings kann es sich im Üppigen verbergen (man denke an die beinah geisterhaft durchsichtige Porzellanhaut und die feinen Muster einer mächtigen Mingvase). Das Üppige packt uns mit seiner Macht, aber nur mit Geduld und bei genauem Hinsehen offenbart sich unseren Sinnen das Diaphane, Durchscheinende.

In der Tat bringt oft erst das Duett zwischen dem Üppigen und dem Diaphanen die meisten irdischen Freuden zum Klingen.

Alles, was den Stempel des Diaphanen trägt, besitzt dessen sanfte Gestalt und formale Leichtigkeit (das 18. Jahrhundert bot offenbar ein besonders günstiges Klima für Objekte und Werke mit diesen Eigenschaften). Es erfreut sich am Augenblick und spielt mit den Oberflächen und Umrissen der Schöpfung. Es hat weder Methode noch Anfang und Ende, sondern improvisiert und geht mit den Gezeiten des Daseins; kurz, das Diaphane neigt zum Spielen. Seine Unebenheiten und kleinen Fehler machen es umso anziehender, so wie die unregelmäßigen bunten Muster von Flechten auf einem Stein, die Patinaschichten auf Bronzeskulpturen oder der langsame Zerfall einer bemalten Wand.

Das Diaphane ist durch seine unscharfe und gleichzeitig harmonische Natur charakterisiert: ein Effekt, der durch zahllose Feinheiten in unterschiedlichen Graden der Bewegung entsteht und ein ganzes Universum von einzelnen Fluchtpunkten enthält, aber keinen wirklich klar umrissenen Fokus (Pollocks *Lavender Mist*, Lichtspiegelungen auf Wasser, Eisblumen am Fenster, Hecken voll üppiger Zweige). Das Diaphane findet sich in den Beziehungen zwischen den Dingen, nicht unbedingt in den Dingen selbst. Es ist ephemer, am Augenblick, am Jetzt interessiert (der indische Raga, Brian Eno, Morton Feldmans *Rothko Chapel*) und nicht am bombastischen Zerren und Schieben von Katharsis und Erlösung (wie in Wagners *Ring* oder der Rockmusik). Das Diaphane kann eine Vielfalt an Formen aufweisen und sehr kraftvoll und lebendig sein, aber den Gesamteindruck prägt die Nuance, die Gelassenheit und die Ruhe.

Das Diaphane ist indirekt, verborgen und passiv: Es entleiht, spiegelt wider oder verweist auf Kräfte von außen, ehe es eigene Kräfte anwendet (Mondlicht, durchscheinende Blätter). Deshalb ist der Diaphanismus in Reinform so schwer aufzufinden. Er manifestiert sich häufig als Teil eines größeren Ganzen, als ein Fragment: Das Diaphane kann sich im anmutigen Flügel einer Libelle zeigen, in den wirbelnden Strudeln eines Bachs unter dem Eis oder in einem kurzen, besonders anrührenden Adagio-Satz in einem größeren Opus. Das Diaphane in seiner unreinen, rohen Form wird mit Inbrunst von den Ästheten aus dem Getöse unserer Welt herausgefiltert, im Kopf geläutert und dann ausgekostet. Das Diaphane braucht zwar nicht viel, was das rein Physische angeht, aber es ist auf Stille, Kontemplation und die Bereitschaft zur Fantasie seiner Jünger und Kenner angewiesen, denn die flüchtigen Erscheinungen des Diaphanen können nur im Geist des Betrachters wirklich und vollständig wahrgenommen werden.

Je schwächer und undeutlicher etwas ist – also je näher am Nicht-Sein –, desto diaphaner kann es sein. Das Diaphane ist nur lose mit der physischen Welt verbunden, denn die Sinneseindrücke, die alles in unserer Existenz verankern, sind in den diaphanen Dingen schwächer und weniger zahlreich. Das mindert jedoch nicht seine Präsenz und ästhetische Kraft, denn oft gebietet die leichteste Berührung oder das leiseste Flüstern die größte Aufmerksamkeit.

In Bezug auf das Diaphane übertrifft das Organische oft das Künstliche, weil die Feinheit und Komplexität, die man in der Natur findet, in menschengemachten Dingen bei weitem nicht so ausgeprägt sind. Zudem ist das Organische lebendig, daher vergänglich und somit näher am Nicht-Sein als das künstlich hergestellte Objekt. Ein Spinnennetz ist höchstwahrscheinlich diaphaner als die exquisiteste illuminierte persische Handschrift oder das filigranste Muster, das durch Laptop-Akrobatik entsteht. Meist wird man herausfinden, dass etwas, was gleichzeitig künstlich und diaphan ist, zumindest in seinem Schaffensprozess organisch ist.

Vielleicht ist das Sammeln eine gute Methode, um einen ersten Zugang zum Diaphanen zu finden, denn nichts bringt die feinen, kaum wahrnehmbaren Details besser ans Licht, als wenn man das Objekt neben andere stellt, die ihm ähneln. Wie wäre es etwa mit Steinen oder Muscheln, Windharfen in unterschiedlichen Stimmungen, defekten Glühlampen, die in unterschiedlichen Intervallen flackern, alten Telefonapparaten mit Wählscheiben, die sich unterschiedlich schnell drehen? Nach und nach lässt man die Kollektion auf eine minimale Bandbreite zusammenschrumpfen, so dass die Sammlung irgendwann nur noch aus Gegenständen besteht, die das ungeübte Auge kaum voneinander unterscheiden kann. Und ganz am Ende verschwinden dann die Gegenstände selbst und lassen nur ein gewaltiges Potpourri verschiedenster Nuancen und Zwischentöne zurück.

METROSEXUELLE: DIE NEUEN DANDYS?

Man kann nicht gleichzeitig der letzte Schrei und erste Garnitur sein.
–LOGAN PEARSALL SMITH

Der *Papilio troilus* aus der Familie der Ritterfalter, ein Leckerbissen für jeden Vogel, imitiert das Aussehen des ungenießbaren *Battus philenor*, ebenfalls aus der Familie der Ritterfalter, um nicht zu einer Mahlzeit zu werden. Die Zivilisation als Fortsetzung der Natur mit anderen Mitteln bedient sich ebenfalls der Mimikry: Wir wollen hier ein Wesen näher betrachten, das erst kürzlich aus der Plastikpuppe der Popkultur geschlüpft ist – den METROSEXUELLEN MANN.

Es scheint, als ob die immerhungrigen Medien neuerdings einem weiteren Hobby frönen: neue Geschlechter erfinden. Da ich manche Dinge gezielt ausblenden kann, dringt so ein modischer Firlefanz meist gar nicht bis in mein Bewusstsein vor, aber man muss doch einräumen, dass beim ersten Hinsehen die Beschreibung des metrosexuellen Manns geradezu unheimlich vertraut für jene klingt, die historische Berichte über Dandys gelesen haben. Die karikaturhaften Skizzen der Medien beschreiben im Großen und Ganzen einen Narziss, der sich ausschließlich mit Popkultur beschäftigt: einen urbanen, kapriziösen Luftikus, der seine geschlechtslosen Gelüste mit einem entbehrlichen Einkommen befriedigt. Außerdem liest man da, dass der metrosexuelle Mann sein eigenes Liebesobjekt sei, wodurch seine sexuelle Orientierung irrelevant werde.

Es mag ja sein, dass der sogenannte metrosexuelle Mann – oder jedenfalls die Stadtbewohner, die sich ein solches Etikett nicht anheften würden, aber dennoch auf die Beschreibung passen – einige Züge besitzt, die denen des Dandys ähneln. Aber sollte dieses neueste Modell tatsächlich als jüngste Inkarnation des Dandys oder gar als sein Nachfolger betrachtet werden?

Bei näherem Hinsehen sind die Unstimmigkeiten zwischen Metrosexualität und Dandytum überwältigend. Zum Beispiel: Die Liebe zu einer raffinierten Garderobe ist ein altehrwürdiges Dandy-Charakteristikum, weil gerade der Dandy ein Wesen ist, das Raffinesse und Detailverliebtheit an der Kleidung besonders wertschätzt.

Aber die offenkundige Besessenheit des metrosexuellen Manns, sich mit Markenklamotten und deren Emblemen zu schmücken – und sein Bedürfnis, andere unbedingt wissen zu lassen, dass sein Kleingeldbeutel die Sonne verdecken kann –, ist der Gipfel der Vulgarität. Darüber hinaus fehlen die hochgeschätzten Ideale des Dandys, Subtilität und Individualität, dieser ordinären Praxis des Markenfetischismus eigentlich völlig. Das widerspricht dem Geist des Dandytums. Dem Dandy ist seine Garderobe keine vorgefertigte Hülle, sondern sichtbarer Ausdruck einer inneren Eleganz; mal abgesehen davon, dass der wahre Dandy weiß, dass Mode für die gemacht wird, die erst noch lernen müssen, was Stil ist.

Genauso ist auch die Faszination für eine schrille Celebrity-Kultur, die man dem metrosexuellen Mann nachsagt, ein Grund, argwöhnisch zu sein. Ein Dandy betrachtet dieses ermüdende Gequatsche mit Amüsement und Distanz; nicht mit der hektischen Hysterie, die man auf den Unterhaltungs- und Tratschkanälen und in den geistlosen Lifestylemagazinen findet (die bei diesen urbanen Hipstern, die ausnahmslos alle Abschlüsse in den heiligen Fächern Marketing und Kommunikation zu haben scheinen, als Zeitungen durchgehen). Eine übermäßige Vertrautheit mit all diesen Dingen verrät unfehlbar, dass man sich in der Gesellschaft eines Metrosexuellen und nicht eines

Dandys befindet. Wenn man vermutet, einen metrosexuellen Mann in Reinkultur kennengelernt zu haben, lässt sich die Diagnose überprüfen, indem man das Thema wechselt und die Konversation auf einen Bereich lenkt, der nicht direkt mit Popkultur zu tun hat – allerdings sollte man dann damit rechnen, einem leeren Blick und dem hauchzarten Chor pupsender Grillen ausgesetzt zu sein. Und zwar auf Borneo.

Schon der Begriff des Metrosexuellen als Nachfolger des Dandys verkennt die Tatsache, dass Dandys immer seltene, einzigartige Wesen sind, die sich nicht kurzerhand erschaffen lassen, indem man einem armseligen, arglosen Schlumpf die Kutte des gerade angesagtesten Clubs überwirft. Im Namen der Mode tun die mit pinkfarbenen Paillettenträgern besetzten Welpenzuchtbetriebe im Fernsehen aber oft genau das; meist gelingt ihnen dabei allerdings nicht mehr als der Austausch einer Ratlosigkeit gegen die nächste. Zugegeben, manche dieser Fernsehshows geben ganz brauchbare Lifestyletipps, aber allzu oft neigen sie dazu, ihren dumpfen Galateen eine monolithische Fashionista-Mentalität zu predigen – was Dandys, die lieber die Eigenheiten des Einzelnen feiern, ziemlich abstoßend finden. Dandys wollen andere inspirieren, zur bestmöglichen Version ihrer selbst zu werden, aber diese »Vorher-Nachher«-Shows kreieren – nach dem obligatorischen Lippenbekenntnis zum Thema »Du bist einzigartig« – bloß noch ein weiteres verunsichertes Modeopfer. In dieser Hinsicht haben Metrosexuelle vermutlich viel mehr mit der Praliné-Variante des Dandytums, den Stutzern, gemein (siehe Seite 26), deren Einfluss im England des 18. Jahrhunderts eine Meute von Modefutzis hervorbrachte, die häufig mit Törtchen verwechselt wurden. Ja, der Macaroni Club ist wirklich zurück – nur dass es diesmal Dosenspaghetti sind!

Der metrosexuelle Mann und der Dandy mögen ja ihre Vorliebe für Kleidung oder die unbedingte Konzentration auf ihr Äußeres teilen, aber im Dandytum steckt weit mehr als das. Es handelt sich um eine Lebenseinstellung, mit der der Dandy in das profane Leben derer, die ihm begegnen, einen Zauber bringen will. Die Konzentration des Dandys auf sich selbst hat, anders als beim unseriösen Metrosexuellen, immer ein Ziel, einen Endpunkt. Weil er ein Gentleman ist, und somit ein Mann von Format, kann der wahre Dandy einen knittrigen Anzug tragen und dennoch das Flair von Stil und Distinguiertheit verströmen; der metrosexuelle Mann hingegen wäre ohne seine stylischen Designerklamotten aufgeschmissen. Ohne ein tiefes Verständnis der wahren Natur des Dandytums, spielen die Möchtegern-Metrosexuellen nur mit den Werkzeugen der Dandy-Zunft, ohne deren Funktion wirklich zu begreifen. Ja, man könnte vielleicht sogar behaupten, dass das, was so aufdringlich als die neue Metrosexualität ausgerufen wird, nichts anderes ist als Dandytum ohne das lästige Denken.

Das Zen des Dandytums (mangels eines besseren Begriffs) ist die Umarmung der Oberfläche, aber in einer selbstkritischen, tiefschürfenden Art und Weise. Um diesen paradoxen Zustand zu erreichen, muss der Dandy ein lebender Spiegel sein, der das Reflektierte absorbiert und verwandelt; dieser Zug fehlt den Metrosexuellen. Dandys mögen ja den irdischen Genüssen zugetan sein, sind aber mit ihrem Inneren sehr streng; denn um sich täglich mit einer Aura von schräger Einzigartigkeit zu umgeben, bedarf es großer Disziplin: Wenn man an der Oberfläche des Dandys kratzt, kommt darunter ein Asket zum Vorschein. Dandys sind, ihrer äußerlichen Abgehobenheit zum Trotz, allem in ihrer Umgebung lebhaft verbunden, während all jene unglücklichen Kreaturen, auf die die Beschreibung des Metrosexuellen passt, die Haltung von verstörten, launischen Teenagern mit bedauernswert kurzen Aufmerksamkeitsspannen haben, die immer nur auf der Suche nach der nächsten krassen, sinnentleerten Ablenkung sind. Ich frage euch, werte Leser: Würde – könnte – ein Metrosexueller einen ruhigen Abend allein verbringen, hingerissen und wie gelähmt vom Schauspiel des bleichen Mondlichts, das ein Arrangement von durchscheinenden weißen Lilien in einer schmerzhaft schönen, opaleszierenden Porzellanvase erfüllt?

Wenn die subtilen, verfeinerten Züge, die mit dem Dandytum assoziiert werden – Esprit, Eloquenz, Liebenswürdigkeit, Einzigartigkeit, Charme, Höflichkeit etc. –, sich nicht bald bei jenen wiederfinden, die man als Metrosexuelle beschreibt, wird man uns bedauerlicherweise nicht davon abbringen, das metrosexuelle Modell als eine verwässerte, massenfähige Version des Dandytums zu sehen: einen »McDandy«, wenn man so will.

Auch wenn diese zeitweilige Faszination durch das Metrosexuelle und seine verschiedenen Ausprägungen die Masse hier und da erträglicher machen könnte, sind solche Zerstreuungen der altehrwürdigen Bruderschaft der Dandys von geringem Nutzen, ist doch die metrosexuelle Vorlage eindeutig fehlerhaft, wenn nicht gar unvollständig. Wie die Dinge im Moment stehen, verhalten sich Metrosexuelle zu Dandys wie Hipster zu wahren Männern. Anders ausgedrückt, die Metrosexualität ist ein Darlehen, das Dandytum die bare Münze.

DER RETROSEXUELLE

oder: Wenn das Kielwasser der Zeit an die Küsten der Zivilisation schlägt

Mich dünkt, ein schön Geschöpf wird schöner noch,
Wenn es die Schönheit schaut, die ewige des Unvergänglichen.
–LORD BYRON

… denn die wahren Paradiese sind die Paradiese, die man verloren hat.
–MARCEL PROUST

Hitze kann man vom Feuer nicht trennen, und die Schönheit vom Ewigen nicht.
–DANTE

Viele von uns kennen das Gefühl: die atemberaubende Erregung, die uns erfasst, wenn wir zum allerersten Mal ein Gesicht sehen, das vor uns schon unzählige Herzen entflammt hat. Lässt euch, liebe Leser, das gewinnende Lächeln von Clara Bow oder der charmante Schmelz einer Kiki von Montparnasse erröten? Ist vielleicht das scharfgeschnittene Profil von Montesquiou oder der windzerzauste Byron der Grund eures Herzklopfens um Mitternacht? Oder geratet ihr womöglich beim Anblick einer makellosen, unerschütterlichen Dame der besseren Gesellschaft, die Sargent mit geschickten Pinselstrichen festgehalten hat, in Verzückung? Könnte gar eine feurige *condesa*, die Goya für alle Zeiten in Öl gebannt hat, eure Begierde schüren? Oder sind es die Mythen und Legenden, die sich um Sappho, Mata Hari oder Nofretete ranken, bei denen sich eure Hinterteile straffen? Vielleicht ist es auch ein Kunstgegenstand, der euch bannt, wie zum Beispiel eine französische Daguerreotypie mit dem Gesicht eines Engels oder Prinzen, dessen Namen ihr niemals erfahren werdet. Habt ihr vergebens versucht, diese fernen und unergründlichen Götzenbilder von eurem geistigen Auge zu verbannen? Dann seid ihr vielleicht das, was man einen RETROSEXUELLEN nennt.

Nun werdet ihr ausrufen: »Mein lieber Whimsy – ich mache mir Sorgen um Eure geistige Gesundheit! Welche neuen Perversionen legt Ihr da vor unsere Füße?«

Dankt mir später.

Ich spreche nicht vom schnöden Appetit des Fleisches: Der Retrosexuelle hat seine Begierde für das Schöne, aber Vergängliche in eine Kunstform verwandelt. Man kann durchaus sagen, dass der Retrosexuelle genug von den öden Neigungen zu billigen Grapschereien hat, die heutzutage als erotisch gelten. Ein Retrosexueller sehnt sich nach den exklusiven Genüssen, die man in vergoldeten Rahmen, auf marmornen Sockeln und bröckelndem Zelluloid findet. Für den Retrosexuellen ist der Staub der vergehenden Zeit nichts anderes als die Würze seiner Begierden.

Der Retrosexuelle will in einem fort den Hof machen und flirten, aber bitte ohne die unerfreulichen Begleiterscheinungen und die Desillusionierung des Vollzugs; er hat den Tagen, in denen es zerzauste Frisuren, verschmiertes Make-up und zerknitterte Westen gab, Lebewohl gesagt. Was bleibt, ist Agape, die reine, selbstlose Liebe, schieres Glück, das dem Sinnlichen näher ist als der Lust. Der Retrosexuelle möchte mit Wesen von seltener Schönheit verkehren, die – wie schillernde frühgeschichtliche Insekten, die für immer in Bernstein eingeschlossen sind – ihren idealen, für die Ewigkeit geltenden Ausdruck gefunden haben. In gewisser Hinsicht sind solche Persönlichkeiten durch die Segnungen der Kultur unsterblich geworden.

Man mag darüber spekulieren, dass tief in vielen Retrosexuellen die eitle Hoffnung ruht, sie mögen eines Tages zur Gesellschaft jener gehören, für die sie inbrünstig ihre Totenwachen gehalten haben. Ja, vielleicht kann man sogar sagen, dass das Leben der Retrosexuellen nur eine Vorbereitung auf diesen Augenblick ist, in dem sie den Idealzustand regungsloser Gelassenheit und exquisiter Haltung erreichen könnten, den sie in den Kunstwerken finden, die sie so treu nachbilden. Retrosexuelle sehen ihr irdisches Dasein wie eine zarte, stark duftende Blüte, die allzu bald vom Frühlingszweig fallen und ein strahlendes Kleinod zurücklassen wird, das auf ewig im unendlichen Zwielicht glitzert.

Der Retrosexuelle sucht Museen, Galerien und Theater heim und steht dann in seinem feinsten Gewand vor einem Porträt, einer Skulptur, einer Bühne oder der Leinwand eines Filmtheaters – voller Verehrung und reglos, beinahe wie in Trance, aber mit geweiteten Nasenflügeln und heißen Wangen. Die Gemälde, Fotografien und Leinwände, auf die der Retrosexuelle blickt, sind nichts anderes als ein Durchlass, durch den er die hauchzarte Essenz aufnimmt und genießt, die jene zurückgelassen haben, die jetzt nur noch in seiner Betrachtung und Fantasie gegenwärtig sind.

Wir sollten festhalten, dass der bewundernde Blick des Retrosexuellen nicht allein denen gilt, die unter den Sterblichen weilten. Auch Kunstgegenstände können für den Retrosexuellen Anlass zu fetischistischen Träumereien geben: eine farbenprächtige Sammlung bestickter chinesischer Roben; die üppigen, schläfrig machenden Düfte aus dem Paris des *fin de siècle*; zart hingepinselte illuminierte indische Handschriften oder die erotischen Drucke aus der Edo-Zeit in Japan können vor dem Auge des aufmerksamen Betrachters lebhafte Visionen von lange vergangenen Zeiten entstehen lassen.

Manche haben es sogar gewagt, diese Visionen Wirklichkeit werden zu lassen: Pierre Louÿs, ein bedeutender Retrosexueller und Dichter des 19. Jahrhunderts, schrieb die *Lieder der Bilitis*, eine literarische Fälschung von solcher Gelehrsamkeit und Qualität, dass sogar die Experten von seiner Echtheit überzeugt waren. Diese Sammlung angeblich klassischer sapphischer Lyrik – von der man damals behauptete, sie sei auf einer Grabmauer in Zypern gefunden worden – wird heute trotz ihres betrügerischen Entstehens hoch verehrt. Eigentlich kann man sogar sagen, dass Monsieur Louÿs' Retrosexualität von einer solchen Größe war, dass sie den Kanon der griechischen Poesie noch lange nach ihrem Untergang bereichert hat!

Wegen der Wirkmächtigkeit der verehrungswürdigen Kunstwerke bringe ich selbst, Whimsy, beim Besuch eines Museums häufig meinen Stock mit, da ich aus Erfahrung weiß, dass meine Knie hinterher seines Beistands bedürfen – allzu oft zittere ich bis in meine Seele hinein, wenn ich einen Nachmittag damit verbracht habe, den süßen Nektar der Erleuchtung zu trinken. Nicht nur das, meine Ohrläppchen pflegen derart rot und geschwollen zu werden, wenn ich eine solche Sammlung von *lux et voluptas* sehe, dass ich anschließend für mehrere Stunden einen veritablen Turban aus Kühlkompressen benötige. Und doch erfüllt mich in solchen Momenten eine vollkommene Befriedigung, gleiche ich doch einer honigbeladenen samtigen Biene!

Meiner bescheidenen Meinung nach sollten Museen für Menschen meiner Disposition Sänftenträger bereithalten, so dass unsere matten Glieder ihren Weg durch die hier schlummernden Jahrhunderte unbeschadet nehmen können. Wenn dann das parfümierte Haupt auf einem seidenen Kissen ruht, reglos und beglückt, steht es uns endlich frei, in Ohnmacht zu fallen, ohne fürchten zu müssen, dass wir uns die Hose zerknittern.

Manch einer mag die Empfindsamkeit, die in diesem kleinen Essay beschrieben wird, für pure Nostalgie halten, und unterstellen, dass einer, der so große Gefühle für die Vergangenheit hegt, sich gegen die Zukunft verschanzt. Dummes Geschwätz! Wenn wir von den Schätzen, die uns aus vergangenen Zeiten vermacht wurden, nicht umfassend Gebrauch machen, was, so frage ich euch, ist dann der Sinn der Kultur – oder übrigens auch der Zukunft?

Und jenen, die bislang ihre Neigung zu dieser Form der Durchreibe-Technik, zur ästhetischen Frottage, unterdrückt haben, rufe ich zu: Bejaht eure Lust an der Kultur und ihren Sprösslingen, an den vergoldeten Früchten, die sie trägt; denn nur durch unsere Beziehung zur Kultur – diesem letzten Bollwerk gegen die Zeit – werden wir erinnert und, wer weiß, unsrerseits begehrt werden.

ABB. 49

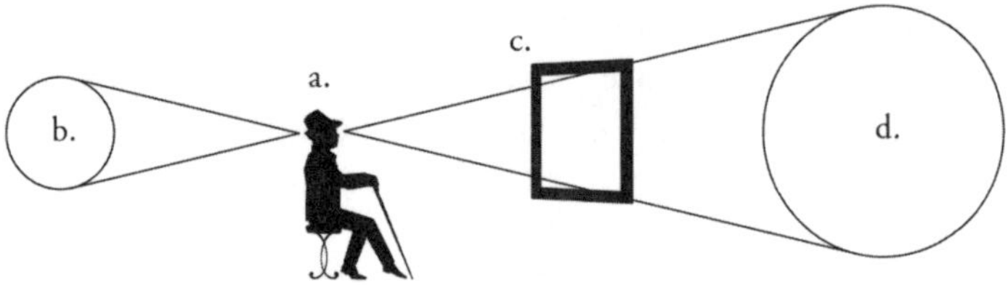

(Abb. 49) DIE PRINZIPIEN, DIE HINTER DEM BEWUNDERNDEN BLICK DES RETROSEXUELLEN ZUM TRAGEN KOMMEN: *Der* RETROSEXUELLE *(a), in einer bequemen, aber gesitteten Sitzhaltung, beginnt still, alle ihm zur Verfügung stehende Kraft der Betrachtung (b) zu sammeln. Wenn er den dazu notwendigen Grad der Konzentration erreicht hat, blickt er das Kunstwerk vor sich (c) an und durch es hindurch; das Kunstwerk dient als Linse, durch die der* RETROSEXUELLE *auf das Eigentliche des Werks (d) fokussiert. Nur wenn diese vier Faktoren genau harmonieren, kann der* RETROSEXUELLE *sich dem Kunstwerk so nähern, dass es eine Flut der Ekstase auslöst und schließlich Erleuchtung bringt.*

ABB. 50

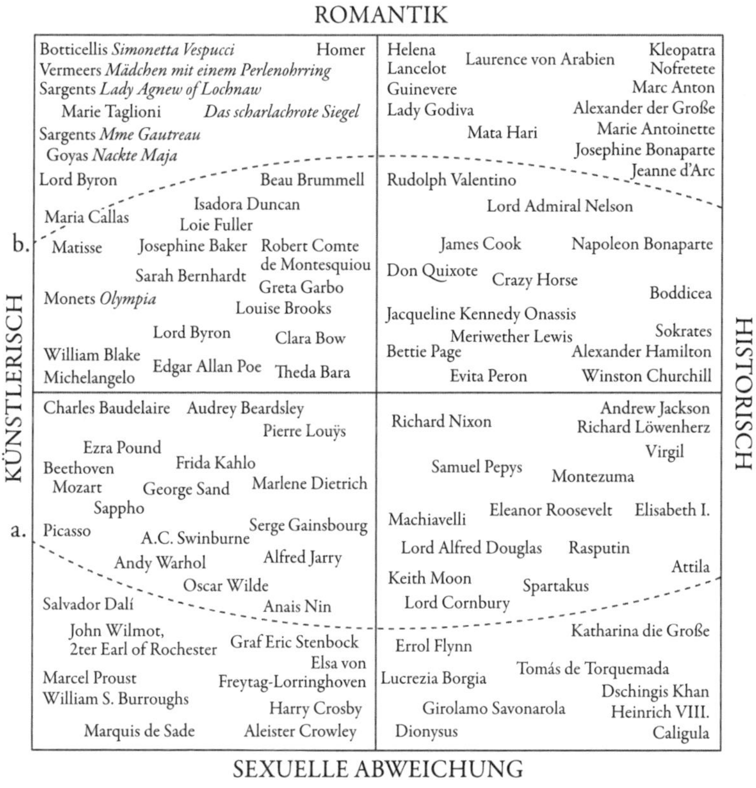

(Abb. 50) Der RETROSEXUELLE ATLAS, *ein Schaubild, das die Skala des* RETROSEXAPPEALS *aufzeigt. Die Persönlichkeiten im obenstehenden Schaubild sind nach der Art ihres Retrosexappeals und nach ihren Qualitäten als Individuen kategorisiert. Wenn man von wenigen Ausnahmen absieht, sind die Grenzen verschwommen, wenn man die Gründe zu finden versucht, weshalb ein bestimmtes Individuum die Fantasie anregt; und auch wenn bei der Positionierung jeder einzelnen Persönlichkeit innerhalb der Skala größte Sorgfalt waltete, können die Ergebnisse nicht anders als subjektiv betrachtet werden. Die Art der besagten*

Anziehungskraft scheint sich hinsichtlich der historischen und/oder künstlerischen Persönlichkeiten mit den zwei maßgeblichen Vorlieben der Retrosexuellen zu decken: die ROMANTISCHE *Art (Ästheten) und die* SEXUELL ABWEICHENDE *(Hedonisten). Es scheint auch einen direkten Zusammenhang zwischen sexueller Abweichung und einem Überwiegen von auffallenden Rottönen in der Garderobe der betreffenden Retrosexuellen zu geben; sie sind hier durch die* PURPURNEN BREITENGRADE *(a) gekennzeichnet. Ein ähnliches Phänomen findet sich in den höheren Lagen der romantischen Region; wir haben sie* PASTELLFARBENE BREITENGRADE *(b) genannt.*

Ein zusätzlicher Hinweis: Die HISTORISCH-KÜNSTLERISCHE *Achse ist deshalb von besonderem Interesse, weil die Betätigungsfelder der meisten Retrosexuellen irgendwo auf dieser Skala zwischen den beiden Polen zu finden sind; die Mehrheit der Schaubilder zur Erforschung der Retrosexualität trägt dieser Tatsache Rechnung.*

DANDYTUM UND GESCHLECHT

oder: Eine kurze Überlegung, wie das Dandytum auf das schöne Geschlecht anzuwenden ist

Das Thema der Geschlechterdifferenz trifft das Dandytum ins Herz und ist Grund für etliche erhitzte Debatten in den Kaffeehäusern und Salons, in denen ich verkehre. Ich habe schon unzählige Streitgespräche zwischen Paaren beim Dinner ausbrechen hören, die dann in fruchtlose Scharmützel verwickelt waren, während ihr Wein und ihre Schnecken schal wurden!

Seit das Interesse der Damen am Dandytum wächst, werde ich oft gefragt: »Frauen können doch sicher auch Dandys werden, wo es doch beim Dandytum genau darum geht, wie die beiden Geschlechter miteinander verschmelzen?« Das ist natürlich eine Frage, die aus zwei Teilen besteht und als solche beantwortet werden muss:

Auf den ersten Teil würde meine Antwort lauten, dass das physische Geschlecht unerheblich ist, denn es ist die Konzentration auf das ästhetische Geschlecht (und die Bandbreite der Schattierungen, die eine so beschränkte Palette erlaubt), das den Dandy ausmacht.

Was den zweiten Teil angeht, würde ich darauf hinweisen, dass das DANDYTUM (Abb. 51) nichts mit TRAVESTIE (Abb. 52) zu tun hat, also nichts mit einer Freistil-Mischung beider Geschlechter. Denn obwohl es mit dem Androgynen kokettiert, wird das Dandytum letztlich über den MASKULINEN POL (M) definiert, um den es kreist. Der Dandy wird zwar durch die Wirkung der Schwerkraft des FEMININEN (F) beeinflusst, aber er wird die Schwelle zum femininen Orbit nie überschreiten.

Die DIVA (Abb. 53) hinwiederum scheint mir das weibliche Gegenstück zum Dandy zu sein, schon weil die Diva mit traditionell männlichen Zügen wie dem Ungestümen, Eindringlichen kokettiert, aber immer eine überwältigend weibliche Aura behält. Eine Diva ohne weibliche Strahlkraft? Undenkbar! Genauso verhält es sich mit dem Dandytum und männlicher Strahlkraft.

Der Dandy ist ein unkonventionelles Wesen, das sich nur seinem

ABB. 51: *Der Dandy*

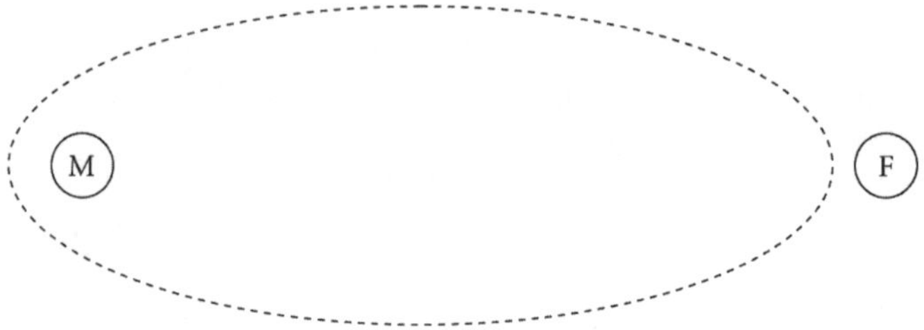

ABB. 52: *Travestie*

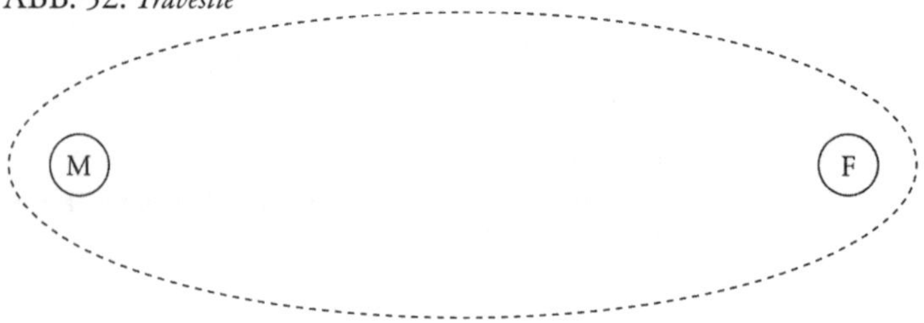

ABB. 53: *Die Diva*

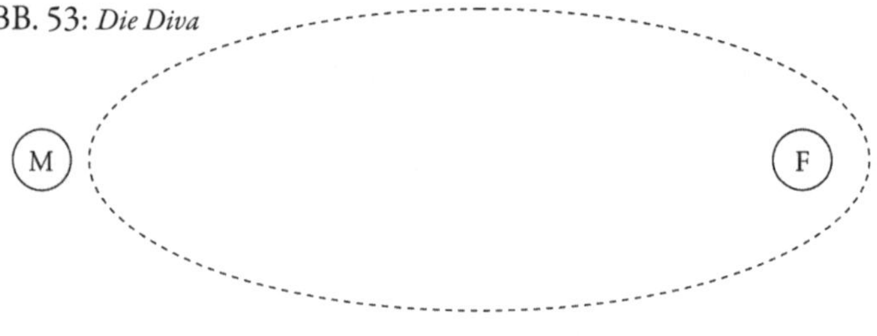

eigenen Selbstverständnis anpasst; will heißen, das Dandytum ist genau deshalb so interessant, weil der Dandy ein Treibhausgewächs ist, das auf seinem selbst angelegten Terrain gedeiht. Die Grenzen dieses Mikrokosmos erlauben es dem Dandy, ein Ausmaß an Raffinesse zu erreichen, das andernfalls undenkbar wäre; denn der Dandy selbst schafft diese Beschränkung – und arbeitet gegen sie und um sie herum. Kurz, die blühenden Zweige des Dandytums mögen zwar über die Außenmauern dieser Demimonde hängen, aber sie werden nie den Boden darunter berühren, denn dann würden sie den Mythos des Dandytums zerstören.

Es gibt fabelhafte Beispiele weiblicher Dandys, wie die große Una Troubridge, die das Dandytum verkörperte, weil sie verstand (auch wenn das vielleicht übermäßig vereinfacht), dass der Dandy aus androgynen Elementen besteht, die in einer maskulinen Hülle stecken. Die Idee des weiblichen Dandys ist auch deshalb so verführerisch, weil Frauen durch Kleidung und Körpersprache die Möglichkeit haben, eine maskuline Hülle zu schaffen und nicht nur auf den Zufall der Geburt zurückgreifen müssen. Wegen dieser zusätzlichen Stufe der Selbstschöpfung ist der erfolgreiche Sie-Dandy (Dandisette, Dandie, *lionne*?) mehr Dandy als es ein Mann je sein kann!

Und denen, die jetzt empört »Sexismus!« schreien, würde ich antworten, dass ich durchaus meine Skrupel hätte wegen dieser Einschränkungen, wenn sie nicht selbst auferlegt wären; mit anderen Worten: Eine Drag Queen weiß auch, dass er (sie) letzten Endes ein Kleid anziehen muss.*

**EINE ANMERKUNG: Man wird natürlich die unvermeidliche Frage stellen: »Kann ein Mann also auch eine Diva werden?« Ich würde das grundsätzlich bejahen, aber das müsste dann ein besonders seltenes Exemplar einer Drag Queen sein: eine, die die Travestie selbst überwunden und transzendiert hat. Damen wie Jaye Davidson als Dil* *oder The Lady Chablis haben die feminine Fassade so perfekt gestaltet, dass man ihnen kaum noch irgendeine Androgynität ansieht. Solche Persönlichkeiten können wirklich weiblich werden und nicht nur weiblich wirken.*

NEWSBOX, ADE!
EINE GRABREDE

Vorgetragen während der freitäglichen Mittagspause in Philadelphia, auf einem der handbemalten Zeitungskästen des Philadelphia Independent. *Es ging um einen Beschluss des Stadtrats, der dem Zugriff auf den* Independent *vom Gehweg aus für die lesende Bevölkerung tatsächlich den Garaus machen würde.*

Heute betten wir einen der unseren zur Ruhe. Ich erinnere mich gern an Newsbox, den Zeitungskasten, und sein fröhliches Äußeres; vom ersten Tag an, an dem ihm dieses Stückchen des Gehwegs zugeteilt wurde, wurde er nicht müde, etwas von sich preiszugeben. Newsbox' Großzügigkeit als der PEZ-Spender des denkenden Mannes war scheinbar endlos und seine Konstitution – wenn man so sagen kann – eisern. Die bedrohlichen Ziffern auf Barometern und Thermometern, die den Rest der Welt in ihren Fängen halten, waren Newsbox gleichgültig; sein einziges Interesse galt seiner Pflicht als vierteldollarverzehrendes Füllhorn der Weisheit und Vernunft. In kalten Winternächten konnten Passanten Newsbox manchmal hören, wie er zufrieden vor sich hin summte, während er sich liebevoll an die warmen, frischgedruckten Blätter in seinem Inneren schmiegte, die noch leicht geröstet aus der Druckerpresse kamen.

Weint nicht um den liebenswerten Newsbox, o nein; denn seine Leiden haben ein Ende. Er frohlockt nun im Elysium und erfreut sich an unteren Extremitäten, die ihm im irdischen Leben versagt waren. Und doch müssen wir viel tun, um Sorge dafür zu tragen, dass sein Opfer nicht vergebens war.

Henry Wadsworth Longfellow hat einmal gesagt: »Das Grab ist nur eine überdachte Brücke, die uns durch eine kurze Dunkelheit von Licht zu Licht führt!« Wahrlich, wir stehen an der Schwelle zu einer solchen Dunkelheit, aber dank der göttlichen Vorsehung werden wir bald wieder das Licht der Freiheit erblicken, wie es unsere Vorväter für uns ersehnt haben. Und so bindet einander an die Masten, wenn wir mit unserem Schlachtruf »Gedenkt Newsbox'!« auf den Lippen in den dräuenden Sturm rudern.

Danke, und lang lebe die Republik.

Des Buches dritter Theil

ANEKDOTEN
und VIGNETTEN

EIN SEHR KURZER VOGELZUG

oder: Eine Geschichte, die Kreise zieht
und trotzdem eine Wiederholung wert ist

Eines fellversengenden Sommertags sprang ich freudig (wäre es Herbst gewesen, hätte ich gesagt, tänzelte ich) in die erholsame Kühle einer Tierhandlung in der Nachbarschaft, auf der Suche nach Lifestyle-Accessoires für meinen siamesischen Kampffisch Hokusai. Wie es meine Gepflogenheit ist, wenn ich diesen etwas beengten, die Ellenbogen wundscheuernden Tierhandelsplatz betrete, wandte ich mich zuerst in Richtung der grellgoldenen versunkenen Galeonen und farbenfrohen Unterwasserpagoden im Gang für Aquariumsausstattung. Als ich den Bereich mit Produkten für die dringende Not in der Nagerhygieneabteilung passierte, hörte ich unheilvolles Gerumpel aus einem kleinen Kabuff hinter Stapeln von schnatternden Vogelkäfigen dringen – bald darauf bot sich mir der Anblick einer tumultartigen Szene.

Innerhalb dieser winzigen Anlage, die sich fast völlig den Blicken der Kunden entzog, wirbelte die Parodie einer Jungmädchen-Spieldosenfigurine herum: eine unglückselige, keuchende Liliputanerin, die als Gespielin von Bruder Tuck hätte auftreten können, war vor Frustration und Erschöpfung hochrot im Gesicht. Durch das Drahtgeflecht der flatternden Käfige konnte ich sehen, dass sie zwei kleine Baumwollnetze schwang, mit denen sie vergebens versuchte, fünf entflogene Unzertrennliche *(Agapornes)* wieder einzufangen. Der Kontrast zwischen der hyperventilierenden, erdenschweren Venus von Willendorf und den hie und da aufblitzenden Farbklecksen aus Grün, Apricot, Schwarz und Rot war einer Harold-Lloyd-Szene würdig.

ABB. 54

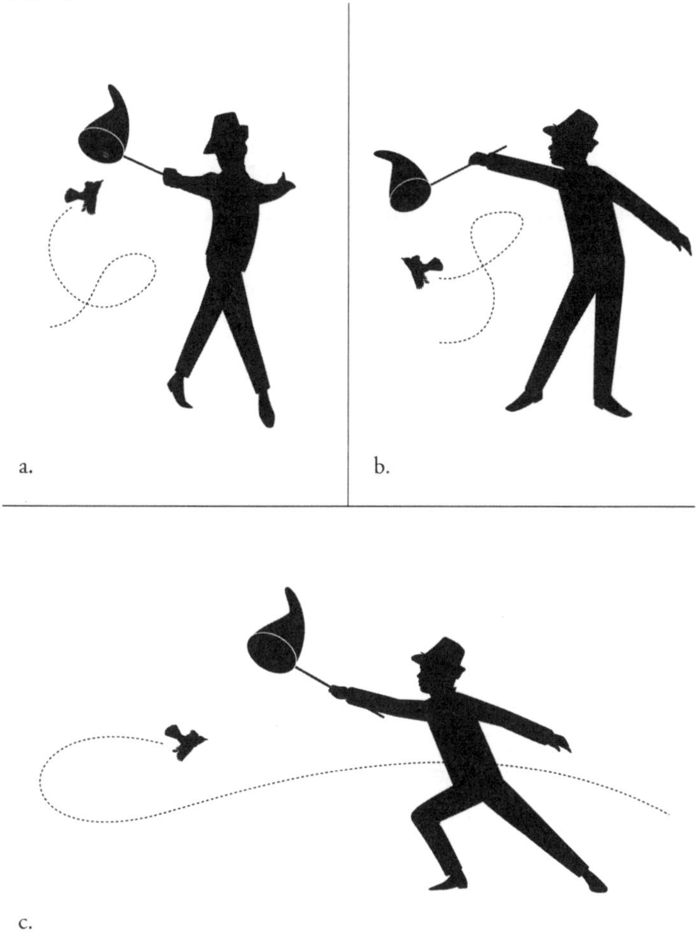

(Abb. 54) TAKTIKEN DER NETZKAMPFKUNST: *a) die französische Demivolte; b) die spanische* desvio-estocada *(Finte und Stoß); c) Capo-Ferros* piede fermo *(Ausfall)*

Die kleinen Himmelsbiester schienen jedenfalls einen Riesenspaß auf Kosten ihrer Hüterin zu haben, schossen in enger Formation durch den viel zu kleinen Raum und zwitscherten mit jedem neuen luftigen Stunt einstimmig, als wollten sie sagen: »Auf die Lampe!«, »Zum Abfalleimer!«, »Auf den Futtersack!«. Diese unverfrorenen Dreistigkeiten auf Kosten ihrer krebsroten Unterdrückerin waren so inspirierend, dass ich mich dabei ertappte, wie ich halblaut »Attica! Attica!« skandierte. Es war überdeutlich, dass diese stürmischen kleinen Kerle nichts mit den willfährigen, übergewichtigen Kanarienvögeln einer alten Dame gemein hatten.

Es musste offensichtlich etwas getan werden, denn so wie die Dinge standen, würde entweder das wild um sich schlagende Fischweib einen Herzinfarkt erleiden, oder die Vögel würden verletzt werden. Nun trifft es sich, dass ich – weil ich meine Jugendjahre mit dem Jagen und Sammeln von Schmetterlingen und Wassergetier zubrachte – beträchtliche Erfahrung im Umgang mit Netzen habe, weshalb ich der armen Frau sogleich meinen Beistand anbot. Sie willigte mürrisch ein, weil sie am Ende ihrer beschränkten Weisheit war. Ich ergriff also mit großer Feierlichkeit die beiden Netze und betrat die chaotische, zwitschernde Arena, um alsdann die Verfolgung aufzunehmen – oder eher: in die Verfolgung hineinzuschlingern.

Eine kurze Randbemerkung sei erlaubt: Die Netzkampfkunst kennt wie die Fecht- oder Schwertkampfkunst rivalisierende Schulen, jede mit ihrer eigenen Technik und Philosophie (*La Destreza*, die kühle geometrische Präzision der Spanischen Schule; die katzengleiche, feine Manieriertheit der Franzosen; die ungestüme Feurigkeit der Italiener et cetera). Nabokov, seines Zeichens selbst passionierter Schmetterlingsforscher, hatte bekanntlich seine eigene Signet-Technik, mit der er die Beute in die Enge trieb. Ich habe über die Jahre ebenfalls ein individuelles Repertoire an Stellungen und Taktiken entwickelt, musste allerdings in dieser Situation bald einsehen, dass

Improvisation gefragt war, da ich es mit kleineren Netzöffnungen, einem begrenzten Raum und einer aviären Beute zu tun hatte.

Was mich zu den Vögeln zurückbringt, die zu diesem Zeitpunkt bereits auf mein patentiertes Manöver »Der springende Faun« hereingefallen waren. Die verbleibenden drei hatten meine Strategie bald durchschaut und zeigten ihre Verachtung, indem sie steile Scheinangriffe auf meine Frisur flogen und stets von neuem hinter Stapeln von Vogelfutter und Reinigungsmitteln verschwanden, statt sich einfach im Freien fangen zu lassen.

Eine so hinterhältige Kamikaze-Technik verlangte nach einer choreografisch inspirierten Variante, die bei allen bis auf den letzten Verweigerer funktionierte; er war ein besonders gerissener Haudegen. Man könnte sogar so weit gehen zu behaupten, er sei der Jack Palance der Papageien gewesen – und ich sollte betonen, dass ich mit Vergleichen zum großen Palance nicht leichtfertig um mich werfe.

Ich warf mich auf den dreisten kleinen Federball, aber als ich an der gegenüberliegenden Wand mit den tschilpenden Käfigen anlangte, war er nirgends zu sehen. Ich vermutete ein aktives Ausweichmanöver, schloss meine Augen und blieb still stehen, bis ich ein ganz leises Scharren hörte, das von einem kaum hörbaren Atemzug gefolgt wurde, der aus dem Papierkorb kam. Ich spähte auf den Boden des leeren Papierkorbs und fand darin meine wachsame knopfäugige Beute, die mich mit schief gelegtem Köpfchen trotzig ansah. Als wohlwollender Sieger nahm ich ihn vorsichtig zwischen meine Hände, begnadigte ihn, versprach, Milde walten zu lassen, und setzte ihn zu seinen Mitverschwörern. Die Männerwelt war wieder sicher.

Da meine Dienste nicht länger vonnöten waren, erwarb ich meine Aquariumszierde und machte mich springend, tänzelnd (und scharwenzelnd) auf den Heimweg.*

* *(Ich nehme an, dass etliche unter euch mit blitzenden Augen auf mich warten, ein anklagendes »J'accuse!« und »Feind der Liebe!« auf den Lippen, kampfbereit und mit brennender Lunte. Lasst mich eure Ängste wegen meiner Herzlosigkeit zerstreuen: Ich habe selbstverständlich dafür Sorge getragen, dass die betreffenden Vögel allesamt ein liebevolles Zuhause gefunden haben – denn ich habe meinen gütigen Freunden ihr grausames Schicksal geschildert. Dem geneigten Leser sei versichert, dass diese verhätschelten kleinen Wesen sich nun Abend für Abend bei einem Häufchen-Bingo vergnügen und dann mit ihren vollen kleinen Bäuchen neben ihren willfährigen Partnern einschlafen. Und auch wenn sie vermutlich so lächerliche Namen wie »Romeo« und »Julia« bekommen haben, hören sie wahrscheinlich immer noch allesamt auf »Spartakus«.)*

DAS ZEITALTER DER KNOSPUNG

In dem Whimsy inmitten von Afrikas Vegetation umherschlendert und die Zukunft der »Zukunft« findet

Afrika, Königin der Kontinente, viele Wunder entspringen deiner kupferfarbenen Brust: Flechten, die Felsen mit einer Patchworkhaut aus lebhaften Mustern überziehen; üppige Tropengewächse, deren schlangengleiche Wurzeln ganze Äcker umranken; dichte Bergwälder, die ihr eigenes lokales Klima schaffen; titanengroße Bäume mit dreißig Metern Stammumfang, die in den Himmel aufragen, und robuste Pflanzen, die aussehen wie gefaltetes Papier und ihren pelzigen Untermietern vor der Unbill der Elemente Schutz bieten. Nachdem ich in Afrika Zeuge dieser Vielfalt an botanischen Wundern geworden bin, komme ich zu folgendem Schluss: Ich habe die Zukunft gesehen, und sie sieht überhaupt nicht aus wie »die Zukunft«. Wahrlich nicht: Sie sieht aus wie die ferne Vergangenheit.

Mir scheint, wir beginnen der müden Zukunftsvision des 20. Jahrhunderts und dem kruden, wenig verlockenden Ethos des mechanistischen Zeitalters ein langes Lebewohl zu sagen: Ade, ihr verschwenderischen und barbarischen zwei Jahrhunderte, die ihr uns umweltfeindliche Technologien gabt und die ihr die Menschen an seelenlosen Hebeln und Knöpfen hartherziger, unmenschlicher und gleichgültiger habt werden lassen. Ich bin nicht allein mit meiner Ansicht, dass ein zu ausgedehnter Kontakt mit einer modernen, vom Menschen gemachten Umgebung ein niederträchtiger Angriff auf meine fünf Sinne ist; die Gerüche und Geräusche, das grelle Licht, die abweisenden Oberflächen, gnadenlosen rechten Winkel und unpassenden Farben haben sich alle miteinander verschworen, um einen Kopfschmerz zu verursachen, der einer Froschkehle gleich gegen die Schädeldecke pulsiert. Ich erkläre hiermit die vorherrschende Zukunftsvision einer groben, kantigen »Wegwerflandschaft« für bankrott – sie ist nur ein unangenehmes Zwischenstadium in unserer Entwicklung und wird bald einer Zukunft Platz machen, die nicht am Reißbrett geplant wurde, sondern gewachsen ist.

Vielleicht stehen wir an der Schwelle zu einem organischen Zeitalter: eine humane, einladende Zukunft, deren mikroskopisch kleine und höchst nuancierte Technologien das Organische imitieren und mit ihm verschmelzen und so Teilnahme und Empathie fördern. Man stelle sich vor: Fahrräder, die man erst einmal streicheln muss, bevor man losfahren kann; oder zarte, bio-lumineszente Lampen, die auf unseren Herzschlag reagieren. Man stelle sich eine Welt vor, in der die organische Person sich in ihrem physikalischen und kulturellen Umfeld einfach fortsetzt; eine Welt, in der die Häuser und Habseligkeiten der Menschen tatsächlich sterben würden, wenn Luft und Wasser verschmutzt sind. Statt in starren, isolierten Einzelheiten zu denken, würden die Menschen anfangen, in fließenden, miteinander verbundenen Ganzheiten zu denken. Man denke nur, wie durchscheinend das Licht, wie sauber die Luft und weitreichend die Töne wären, wenn wir solche Wunderdinge hätten! Wir werden Schrauben und Muttern gegen Samen und Wasser tauschen, und die unendlich komplexen Prozesse der Natur für uns arbeiten lassen: Man stelle sich eine Stadt vor, die aus einem gigantischen, fühlenden Pilzmyzel besteht! Dreizimmer-Orchideen! Kannenpflanzen-Aufzüge! Laptops, die aus einer Venusfliegenfalle gezüchtet wurden!

Nun mögt ihr sagen: »Ach, Whimsy, dummer kleiner Träumer – vermutlich habt Ihr Euch im Zuge Eurer Reisen einen Hirnparasiten zugezogen, der Euch jetzt so fieberhaftes Zeug hervorsprudeln lässt. Wie um Himmels willen sollen wir denn das Spalier bauen, an dem eine solche Zukunft emporranken kann?«

Darauf würde ich antworten, dass wir damit beginnen könnten, nach und nach das Natürliche wieder in den Schoß der Moderne zurückkehren zu lassen. Ein Beispiel gefällig? Die gigantischen afrikanischen Affenbrotbäume *(Adansonia digitata)* werden erstaunliche dreitausend Jahre alt, bestehen aber aus so weichen Fasern, dass schon zwei Jahre nach ihrem Absterben keine Spur mehr von ihnen übrig ist. In ihrem natürlichen Lebensraum sieht man diese Bäume häufig als Hütten, Geräteschuppen, Cafés oder sogar Toiletten genutzt, weil sie sehr widerstandsfähig sind, problemlos umgepflanzt werden können und es ohne weiteres ertragen, für menschliche Zwecke teilweise ausgehöhlt zu werden. Ich schlage vor, dass die Großstädte dieser Welt ihre Hauptverkehrsadern mit diesen gigantischen Bäumen säumen. So ein Unterfangen mag aufwendig erscheinen, aber das Endergebnis wäre nichts weniger als spektakulär. Vielleicht würde ein so inspirierender Anblick (und so achtunggebietende Zeugen unserer

kollektiven Schuld) uns und unsere Nachkommen ermutigen, gerade wegen dieser neuen Umgebung ein kooperativeres, nachhaltigeres Bewusstsein zu entwickeln. Vielleicht wird man im Rückblick sogar das gegenwärtige Ethos – das die Menschen mit einer Art perversem Stolz die Hässlichkeit unserer modernen Umgebung hinnehmen lässt – zu Recht als vorübergehenden Irrsinn ansehen.

Es wird von Futurologen viel über die Terraformierung des Mars geredet (also den Mars der Erde gleichzumachen); mein ganz bescheidener Vorschlag wäre, die Erde wieder erdengleicher zu machen, bevor wir beginnen, andere Planeten nach ihrem Vorbild zu formen – es ist schließlich nur vernünftig, die Vorlage zu perfektionieren, bevor man Kopien erstellt.

Ich freue mich jedenfalls schon auf die ferne Zukunft, in der unsere Ur-Ur-Enkel in gigantischen Nüssen mit Phloem-Xylem-Antrieb zum Mond fliegen und bei der Landung melden: »Nairobi, hier spricht Whimsy-Base: Die Cashew ist gelandet!«

LUCY ZU EHREN

Der letzte Elefantenkoloss: Ein trojanisches Pferd für unbefugten Zutritt zu einer verzauberten Welt

An dieser Stelle will ich euch ein liebgewonnenes Bauwerk vorstellen, dessen zinnfarbene Silhouette sich meiner Seele seit frühester Kindheit eingeprägt hat; es ist mein Totempfahl und Leuchtfeuer. Lucy, die sich seit über einem Jahrhundert an einem Strand von Outer Island niedergelassen hat, ist die letzte ihrer Art; ihre beiden Geschwister – die eine auf Cape May, der andere auf Coney Island – sind schon lange zu Sand zerfallen. Wie sie da in einer Bucht des südlichen New Jersey tanzt, blickt sie dem Abendlicht entgegen und nicht aufs Meer hinaus; Lucy hat noch nie einen Sonnenaufgang gesehen. Nach Jahrzehnten der Vernachlässigung ist das ehemalige Hotel nun endlich ganz wiederhergestellt, im Bauch des Biests liegt seine original hölzerne Zunge, ganze zwei Meter lang und 300 Pfund schwer. Man fragt sich, welche Geschichten man hören würde, wenn man sie ihr wieder ins Maul legte und sie ihr Schweigen nach so langer Zeit bräche? Ich für meinen Teil glaube, sie würde um Gesellschaft bitten; fragen, ob man nicht die gesamte Insel mit gigantischen Nashörnern, Flusspferden und Giraffen bevölkern könnte. Was für ein Anblick sich von einem vorbeifahrenden Schiff aus in einer nebligen Nacht böte!

KAPSTADTS VERGESSENES MUSEUM

Notizen aus einer sich selbst überlassenen Ausstellungshalle am Kap von Afrika

Lady Pinkwater und ich waren eines strahlenden, sonnigen Nachmittags in Kapstadt auf der schattigen Promenade von Company's Garden unterwegs, einem Park, der mit seinen üppigen Baumgruppen, Volieren und blühenden Pflanzen eine beliebte Anlaufstelle in dieser schönen Stadt ist. Wir nahmen einen Spießrutenlauf zwischen Albinohörnchen bei den Parlamentsgebäuden auf uns, bevor wir unseren eigentlichen Bestimmungsort erreichten: das Südafrika-Museum, ein altehrwürdiges Gebäude aus dem Jahr 1825. Wie man zu Recht mutmaßen wird, beschäftigt sich das Südafrika-Museum getreu seinem Namen vorrangig mit der Naturkunde in diesem abgelegenen Teil der Welt.

Einer Institution wie dem Südafrika-Museum begegnet man nur noch selten, da sich die Museen heutzutage offenbar kaum noch damit zufriedengeben, einfach das Skelett eines Wals auszustellen und es der Imagination des Betrachters zu überlassen, sich die Vorgänge im Inneren einer so fabulösen Kreatur vorzustellen. Stattdessen fühlen sich Museen heute gezwungen, nichts mehr der Vorstellungskraft zu überlassen, und präsentieren den Besuchern lieber eine interaktive »Reise aus der Krill-Perspektive« und schicken ihn auf einen schwindelerregenden Trip durch die Innereien des Viechs – der schlussendlich in der Scheißhaufen-Perspektive endet. Durch die steinernen Mauern des Südafrika-Museums aber weht noch der kuratorische Geist eines vergangenen Jahrhunderts: ein Durcheinander von Messingplaketten, Futura-Regular-Typografie an wasserfarbenen Wänden, anatomisch dubiosen Präparaten und Dioramen mit Pappmaché-Pflanzen, die in gedämmtem Licht unter einer Patina von Schmutz hervorlugen. Mit der Zeit hatte dieser Teil des Instituts offenbar aufgehört ein Museum zu sein und schien nun die fortschreitende Geschichte der Museumsästhetik selbst zu illustrieren: eine Art sagenhafter »Kuriositätenkabinett-Speicher«. Die anthropologischen Ausstellungsstücke im ersten Stock entsprachen modernen Museumsstandards, aber was wir im verlassenen zweiten Stock dieses Gebäudes fanden, muss einer der letzten unberührten zoologischen Ausstellungsräume aus Viktorianischer Zeit gewesen sein. Diese Galerien stammten aus einer Epoche, in der man gar nicht erst vorgab, die Tiere in ihrem natürlichen Lebensraum ausstellen zu wollen; stattdessen hatte man sie in massiven hölzernen Schaukästen in einer steifen Prozession präsentiert, deren letzte Reise im Staub auf dem Boden der Kästen endete. Wegen der engen Ausstellungsgänge wurde einem die schiere Masse der Tiere unmittelbar vor Augen geführt, was aber die anderen Qualitäten betraf, die diese Tiere möglicherweise besaßen, blieb einem, größtenteils wegen der dämmrigen Beleuchtung und schlechten Technik (die in den zerfallenden Präparaten offensichtlich wurde), nur Spekulation. Die Entfremdung, die sich in diesem Gruselkabinett einstellte, gab noch jedem, selbst dem alltäglichsten Tier eine mysteriöse Aura. Das eigentlich Unwiderstehliche an dieser Mumienkammer war die fehlerhafte Tierpräparation, bei der offenbar herzlich wenig auf die tieferliegenden Strukturen der betroffenen Tiere geachtet worden war – mit komischen und zugleich makabren Ergebnissen: mit Sägeböcken gekreuzte Elefanten; lächelnde Leoparden mit Froschaugen und zerfallende Affen mit wilden Grimassen, die auf dem Rücken von Flusspferden ritten, die auch als Luftschiffe hätten durchgehen können.

Trotz dieser unterhaltsamen Kuriositäten gab uns der Anblick von zwei inzwischen ausgestorbenen Spezies zu denken, als wir durch diese vergessenen Räume gingen: die Überreste eines Quagga (eine Art Zebra, das einst in Südafrika überall anzutreffen war) und ein Moa (ein großer Laufvogel, der in Neuseeland zu Hause war). Nachdem man sie einmal der Länge nach durchschritten hatte, konnte man sich beim Verlassen der Halle eines gewissen Pathos nicht erwehren; es war offensichtlich, dass auch der Raum selbst dem Verfall anheim gegeben war, als vernachlässigtes, vergessenes Denkmal einer Zeit, in der der Mensch die Natur als unerschöpflich betrachtete, als eine Welt ohne Ende.

Unsere Stimmung hellte sich rasch wieder auf, denn das Zirkonia-Juwel des Museums war sicherlich die prähistorische Ausstellung, wo neben den Fossilien fantasievolle Vermutungen zur Frühgeschichte bewahrt wurden. Die Modelle, die hier in den Dioramen präsentiert wurden, waren echte Anachronismen, die wie Requisiten für lausige Monsterfilme oder erste Dinosauriermodelle für eine Ausstellung aus dem 19. Jahrhundert aussahen. Beim Anblick dieser unförmigen Nachbildungen wurde man unweigerlich an Sir Richard Owen erinnert, der damals im Jahr 1853 ein Festbankett im Bauch eines nachgebauten missgestalteten Iguanodon abhielt: Jeder einzelne Saurier in dieser Halle war zucchinigrün angemalt, mit blendendweißen Reißzähnen in einem blutverschmierten Maul, ungeachtet der Tatsache, dass die betroffene Spezies eigentlich ein Pflanzenfresser war. Der Gesamteindruck war phänomenal und eines Ray Harryhausens würdig: eine wahre Monster-AG!

Als wir diese seltsame königliche Menagerie verließen, fragten wir uns: Wird die Tragödie des Quagga eines Tages zur Farce des Dimetrodon werden?

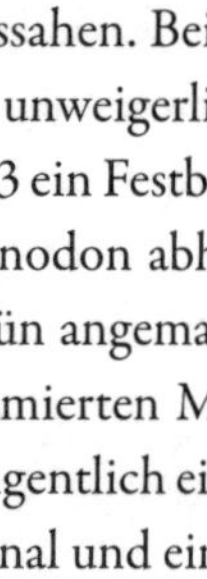

ACTIAS LUNA

oder: Ein Bericht über ein Wunder der Natur aus erster Hand

Der dramatischste Augenblick während der Aufzucht von Pfauenspinnern findet Ende Mai statt, wenn die Falter aus ihren braunen, eiförmigen Puppen schlüpfen. Meine Lieblingsart unter diesen Nachtfaltern ist der herrliche *Actias luna* (Luna-Falter), ein beinahe handtellergroßer, blassgrüner Schmetterling mit langen Schwänzen an den Hinterflügeln, einem Pflaumen-Mal und einem schneeweißen Bauch, so weich wie Daunen. Man findet seinen Kokon zwischen Laubhaufen am Fuß von Amberbäumen *(Liquidambar styraciflua)*, die die Seeufer säumen; diese immergrünen Bäume sind das Lieblingsessen der Schmetterlingslarven, die in ihrem kühlen Dach aus wohlriechenden, sternförmigen Blättern wohnen.

Der Schlupf beginnt meist am frühen Abend: Man hört ein kratzendes Geräusch aus dem Terrarium, das von Minute zu Minute lauter wird. Die Falter nutzen einen Dorn am unteren Ende ihrer Vorderflügel, um den Kokon aufzuschneiden; es klingt, als ob man eine Papiertüte mit einem Messer aufschneidet. Der Kokon windet sich hin und her, während der rotäugige Falter mit erstaunlicher Geschwindigkeit aus der kleinen Kugel aus getrockneten Blättern ausbricht (man kann den Kokon auf der Hand halten, wenn der Falter schlüpft; die rosafarbenen, zappelnden Beinchen fühlen sich wie ganz leichte Nadelstiche auf der Handfläche an). Der frischgeschlüpfte Falter sieht aus wie eine pelzige weiße Grille mit goldenen Antennen und winzigen, verkrüppelten blassgrünen Sprossen auf dem Rücken; er beginnt die Wand des Geheges hochzukriechen und hängt sich kopfüber ans Netz, das über das Terrarium gespannt ist. Dann pumpt er Flüssigkeit in seine Flügel, die sich ausdehnen, trocknen und zu großartigen durchscheinenden hellgrünen Schwingen entfalten, die in der Sonne wie Sommerjasmin leuchten. Er lebt nur eine Woche lang.

DER CHARME VON AQUARIEN

oder: »Prometheus in Scheren«; die künftige Primaballerina der Wasserbühne gibt ein fehlerfreies Debüt

Was Naturkunde angeht, so ist meine geliebte Lady Pinkwater eine Expertin ersten Ranges. Sie hat etwas von einer Flaneuse und findet auf ihren gewundenen Wegen häufig lebende Kuriositäten. Kürzlich trug meine Liebste bei der Rückkehr von einem ihrer Pilgergänge einen Neuzugang für unsere Wasserwunderkammer in ihrer porzellanfarbenen Hand: eine kleine Winkerkrabbe, wie man sie in den Flussmündungen und anderen Gewässern rund um die Wattgebiete an der Ostküste Amerikas in großer Zahl findet.

Ich war von diesem behänden Kind der Gezeiten sofort eingenommen: Seine stecknadelkopfgroßen Äuglein und sein sommersprossiger kleiner Panzer glitzerten in unterschiedlichen Gold- und Brauntönen. Seine auffälligste Eigenschaft war die abgehackte, mechanische Art, mit der er mit seiner einen überdimensionierten Schere winkte, wie ein winziger automatischer Semaphor, der auf See Signale übermittelt (die Kinder in der Nachbarschaft nennen es »die Gang-Flagge zeigen« oder »repräsenten«, was, wie ich mir habe sagen lassen, etwas Lobenswertes ist). Ich glaube gar, wenn man seine chitinhaltige Kruste öffnete, würde man ein silbernes, surrendes Durcheinander von winzigen Zahnrädern finden!

Alle Frivolitäten beiseite muss ich an dieser Stelle gestehen, dass ich ein unerklärliches Versprechen in diesen dunkelbraunen kleinen Sphären aufblitzen sah. Ich dachte bei mir: Welche Wunder verbirgt dieser putzige Kerl noch? Wird er etwa (keuch) ... Größe zeigen?

In der Mitte unseres Aquariums liegt eine tönerne (und durchaus

ABB. 55

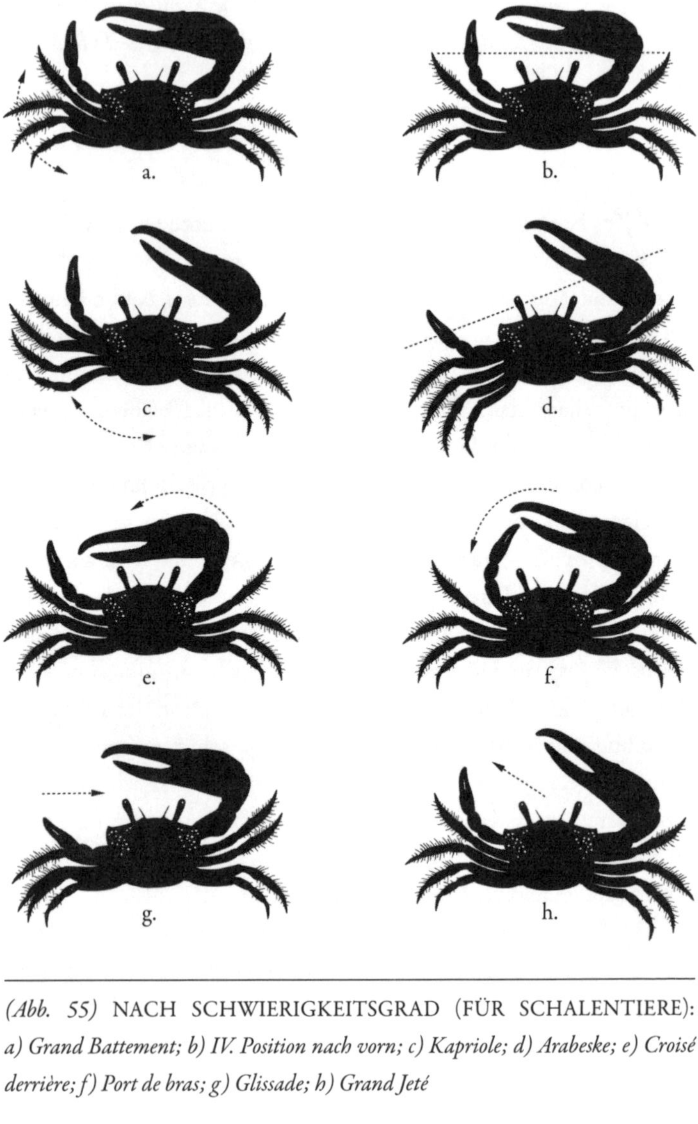

(Abb. 55) NACH SCHWIERIGKEITSGRAD (FÜR SCHALENTIERE): *a) Grand Battement; b) IV. Position nach vorn; c) Kapriole; d) Arabeske; e) Croisé derrière; f) Port de bras; g) Glissade; h) Grand Jeté*

überzeugende) Nachbildung eines Mangrovenstumpfs, dessen flaches oberes Ende ein ganz klein wenig über die Wasseroberfläche lugt; ein trockener Platz für unseren neuen Schalentierfreund (inzwischen auf den Namen »Gerard« getauft), wo er einigermaßen in Frieden sein Fischgranulat durchkämmen konnte, ungestört von seinen Mitbewohnern, deren provinzielle Art ihm sichtlich auf die Nerven ging.

Fast zwei Wochen nachdem wir Gerard übernommen hatten, stand uns der Sinn nach einer abendlichen Unterhaltung (und ich muss gestehen, dass ich wissen wollte, ob meine ihn betreffenden Vermutungen sich bestätigen würden). Nachdem wir also unser Mahl beendet hatten, gossen wir uns umgehend einen Drink ein und versammelten uns vor dem Aquarium. Nachdem wir das Licht gelöscht hatten, hoben wir den Deckel vom Aquarium, um den nichtsahnenden Gerard, der sich auf den olympischen Höhen von Mount Gerard niedergelassen hatte, unseren Blicken auszusetzen (wir haben seinen Lieblingsplatz zu Recht nach ihm benannt, nachdem er auch der Erste war, der jemals dessen Gipfel erklomm). Er verspeiste gerade zufrieden eine Portion Fischgranulat, die einem Scheunendrescher zur Ehre gereicht hätte; sein Lieblingsessen verzehrt er immer mit inbrünstiger Leidenschaft.

Ich legte eine alte Platte mit Mussorgskys *Nacht auf dem kahlen Berge* auf, die die Abendluft mit Bedeutung schwängerte. Mit unseren Taschenlampen ließen wir gleißende Lichtstrahlen über den kleinen Gerard gleiten, der sich der Situation sogleich gewachsen zeigte, indem er die betörendsten Schatten an unsere Cottagewände warf. Oh, wie unser kleiner Mann auf dem Bonsaiberg tanzte, der zu seinen Ehren benannt worden war, wie er mit der einen riesigen Schere winkte, als wolle er Zeus selbst zu einem Faustkampf herausfordern! Unsere Taschenlampenfiguren wurden von Mal zu Mal anspruchsvoller, fast schon Lichtsalven, aber Gerard konterte jedes unserer Lichtmanöver mit einer mühelosen Eleganz, die des großen David Carradine würdig war. Wahrlich, welche Größe ward bezeugt, als das Crescendo des Stücks auf die den Klang zerschneidende Schere Gerards traf, die wie der Dolch eines Dragoners im Licht glitzerte! Eine subtilere und einfallsreichere Choreografie hat man seit den Tagen der Primaballerina Marie Taglioni nicht mehr gesehen – und selbst ihre beiden göttlichen Beine waren den acht knochenlosen von Gerard in keiner Hinsicht gewachsen!

Zu seiner tänzerischen Begabung gesellte sich Gerards Gespür für dramatische Beleuchtung. Ja, der korpulente Orson Welles hätte ganze Gallonen von Tränen geweint, hätte er das hypnotisierende Licht- und Schattenspiel miterlebt, das Le Grand Gerard in dieser seiner größten Stunde vor unserer Wand vollführte!

Als wir am nächsten Morgen erwachten, wurde uns klar, dass wir in unserer Aufregung Gerards Aquarium über Nacht offengelassen hatten. Natürlich war Gerard nirgends zu finden, nur eine nasse Spur auf dem Fensterbrett, der wir nach draußen folgten, durchs feuchte Gras, auf die Straße und zuletzt bis an eine Bushaltestelle, die eine Meile entfernt liegt.

Es war offensichtlich, dass Gerard – als er begriff, welche Gabe ihm gegeben war – beschlossen hatte, seinen Traum zu verwirklichen; und wer wollte ihn dafür tadeln? Würde ein anderes Mitglied dieser alten benthalen Gattung seine bescheidenen sumpfigen Anfänge auf so triumphale Weise überwinden? Könnte irgendein spitznasiger Aquarianer den besonderen Rang unseres Schützlings in den darstellenden Künsten leugnen – vor allen Dingen, nachdem er Zeuge einer so naturgegebenen Eleganz war? Ich meine nicht. Bravo, Gerard, mein Junge – Ruhm, Stulpen und Diätgetränke harren deiner!

HYLA ANDERSONII

oder: Warum der Himmel ein Sumpf ist

Nicht weit von unserem Zuhause liegt einer meiner Lieblingsplätze auf dieser Welt: ein Sumpf. Ja, ein Moor, das in einem wunderschönen Winkel der New Jersey Pine Barrens, einem 4500 km^2 großen Waldgebiet, liegt.

Trotz ihrer Nähe zu New York und Philadelphia sind die Pine Barrens das größte zusammenhängende Stück unbebauter Natur zwischen Boston und Washington, D. C. Die Gegend ist bekannt für ihre üppigen, sumpfigen Wälder und dicht mit Pinien und Eichen bewachsenen Landstriche, in die kaum Licht dringt. Mitten in diesen Wäldern liegt eine ganze Reihe von Geisterstädten, von denen nichts mehr übrig ist außer Steinfundamenten und Obstbäumen. Die Pinelands sind voll von Legenden, die bis in die Kolonialzeit zurückreichen – am bekanntesten sind die Geschichten von Blackbeard und dem Jersey Devil (zum Teufel von Jersey ein andermal mehr). Die Feldwege sind von weißen, würfelförmigen Bienenhäusern gesäumt, deren Bewohner die Kranbeeren und Blaubeeren bestäuben, die von dichtwachsenden krummen Pechkiefern umgeben sind. Durch die Wälder winden sich schmale Bächlein mit kühlem goldenen Wasser, das süßlich schmeckt.

Die Pine Barrens haben einen sauren, nährstoffarmen Sandboden, der unter anderem für die große Vielfalt an fleischfressenden

Pflanzen verantwortlich ist; wegen dieser Pflanzen sind die Moore in dieser Gegend einzigartig in ihrem Form- und Farbenreichtum. Es sind Miniaturwelten: feuchte, tiefliegende Gebiete mit Inselgruppen aus kleinen, zedernbestandenen Hügeln, sogenannten Presseishügeln, die mit hakennasigen, lavendelfarbenen Orchideen und glitzernden Peitschen von Langblättrigem Sonnentau bewachsen sind. Über den Höhlen von zurückgezogen lebenden Salamandern stechen tiefgrüne Grasklingen durch einen dichten Teppich von federndem Torfmoos, das sich von einem hellen Grün im Frühjahr zu einem satten Gold im Spätsommer wandelt. Rundum halten rotgeäderte Kannenpflanzen Wache und wehren eine Armada von kanariengelben Gehörnten Wasserschläuchen ab, die im seichten Wasser treiben und nach mikroskopisch kleinen Lebewesen fischen, die unglückselig genug sind, sich von deren Wurzelschläuchen ansaugen zu lassen. Ich frage mich oft, wie es wäre, wenn ich auf ein Miniaturformat schrumpfen, ein Paar Schneeschuhe anlegen und jeden kleinsten Winkel in dieser fremdartigen Landschaft erforschen könnte; ich würde nie wieder in die Welt des Lauten, Großen und Schnellen zurückkehren, sondern für immer in der Welt des Stillen, Kleinen und Langsamen verweilen (na ja, vielleicht würde ich doch ab und an für ein Bad und ein Sandwich zurückkommen).

Dieses bestimmte Moor, das ungenannt bleiben soll, ist bekannt als eine Oase für Pflanzen und Tiere, die buchstäblich nirgendwo anders auf dem Planeten anzutreffen sind. Besonders beachtenswert ist der Pine Barrens Treefrog (*Hyla andersonii* oder Anderson-Laubfrosch), ein selten gesichteter, daumengroßer Frosch, von dem nur noch einige wenige gesunde Populationen existieren.

Was mich an einen lauen Juniabend denken lässt, der am Ende einer dreiwöchigen Trockenperiode einen sintflutartigen Regen mit sich brachte. Die Bedingungen für eine Zusammenkunft wollüstiger Amphibien konnten nicht besser sein, daher beschlossen wir, etwas später am Abend noch zum Moor aufzubrechen. Wir suchten unsere Regenhüte und Kameras und rüsteten unsere Taschenlampen mit roten Farbfolien aus, um die Frösche nicht aufzuschrecken. Dann gingen wir in die trübe, regenverhangene Nacht hinaus.

Das Moor ist von einem Labyrinth aus Lorbeerrosen und Blaubeerbüschen umgeben, durchbrochen von einem Wald aus Scheinzypressen, die wie Schiffsmasten aus dem Boden ragen und deren Wurzeln über den Waldboden wuchern wie das Tau auf einem Trawlerdeck. Voller Vorfreude folgten wir dem schmalen, sich schlängelnden Weg zum Moor, denn wir konnten die Mauer aus »Quangs« hören, für die diese Spezies bekannt ist: quangquangquangquang tönte es wie aus einer anderen Welt. Ein Laut wie wirklich kein anderer, den ich je gehört habe: ein tiefes, näselndes Zirpen, das komplexer und beinahe hypnotisch wirkt, wenn es sich vervielfacht.

Als wir uns langsam einen Weg durch die Blaubeeren bahnten, schwoll das Zirpen auf einen kaum erträglichen Lärmpegel an. Bald waren wir den Fröschen so nah, dass wir einzelne Rufe unterscheiden konnten: QUANGquangQUANGquang. Trotz der dichten Vegetation wussten wir, dass wir den Tieren sehr nah waren; so nah, dass wir sehr genau darauf achteten, wohin wir unsere Füße setzten. Es goss in Strömen, aber die Froschrufe übertönten fast den Lärm des Unwetters. Als wir an den Rand des Sumpfgebiets kamen, wurde die Frequenz und Lautstärke der Rufe so ohrenbetäubend, dass wir einander nicht mehr verstehen konnten; die Frösche waren tatsächlich so zahlreich, dass es aussah, als bewegten sich die Büsche. In diesem Moment wussten wir, dass dies die Nacht der Nächte war, in der sie um der Fortpflanzung willen zur Höchstform auflaufen würden!

Und da war er. Wir hielten so still wie Baumstümpfe, als er nur ein paar Zentimeter vor unseren Nasen hinter einem durchnässten Blaubeerblatt hervorkam. Ich hatte das Tier in zahllosen Büchern bereits gesehen, aber bis zu diesem Zeitpunkt noch nie in der freien

Wildbahn; es war beinahe so, als sähe man eine mythische Kreatur. Erst nach fast fünf Minuten realisierte ich, dass ich aus schierer Glückseligkeit die ganze Zeit lautlos gelacht hatte – meine Wangen schmerzten tatsächlich vom Lächeln.

Er war ein spektakulärer kleiner Kerl und sah blendend aus in seiner schimmernden limonengrünen Haut mit satten roten Streifen an seinen Flanken, wie er mit seinen durchscheinenden safrangefleckten Zehen auf dem Blaubeerzweig saß. Seine Bewegungen waren fast menschlich anzusehen, ganz anders als bei den erdverbundenen Kröten oder Fröschen; seine zarten, saugnapfbewehrten Finger schienen die Tropfen auf dem Blatt wie Juwelen umklammert zu halten. Er wirkte ganz so, als schiene er uns kaum oder keine Beachtung zu schenken. Was in meinem Fall nur angemessen war, war er doch ein wesentlich beeindruckenderes Mitglied seiner Spezies als ich von meiner; relativ gesehen, stand er eindeutig höher in der Hackordnung. Offengestanden würde ich nicht durch ein verregnetes Moor stapfen, um eine Amphibienversion meiner selbst zu sehen – dafür hat man schließlich den Badspiegel.

Er wandte sich schließlich wieder seinen meisterhaften Rufen zu. Dabei arbeitete sein kleiner Körper wie ein Modellierballon, den man von unterschiedlichen Enden her zudrückt: Erst blähte er seinen Bauch auf, um die Luft anschließend in die Schallblase abzulassen, die auf die Größe eines Golfballs anschwoll, woraufhin ein ohrenbetäubendes »QUANG!« erscholl. Er gab eine Reihe dieser Laute in schneller Folge von sich, und man konnte sehen, dass der Frosch sich bis an die Grenzen seiner Kräfte verausgabte. Wir standen wie gebannt, bis unsere Beine schmerzten; es mögen über zwei Stunden gewesen sein, aber die Zeit spielt für ein hingebungsvolles Publikum keine Rolle, nicht einmal mit nassen Füßen.

Endlich war er unserer Gesellschaft müde und wanderte tiefer in den Wald; wir hörten ihm zu, bis sich seine Rufe mit dem allgemeinen zirpenden Lärm vermengten. Nachdem er seine Audienz beendet hatte, hatten wir wieder Augen für die flimmernden Galaxien von Leuchtkäfern über den flächenbedeckenden Orchideen, deren Schimmern den schwarzen Spiegel des Wassers niederzuhalten schien; Orchideen und Wasser färbten beide auf die ferne Wand der Zypressen ab, die wie ein gezackter Riss zwischen Himmel und Erde wirkten. Als wir uns in diesem sublimen Bühnenbild gegen einen umgestürzten Baumstamm lehnten, flogen wir bald, vom Gesang der kleinen Männer des Moors eingelullt, auf eine Traumreise.

GRÜN, DIE GÖTTLICHE FARBE

oder: »Ein fantastisches Zusammentreffen mit einem ungewöhnlich überheblichen Blumenboten, in Baudelaire'scher Manier (ein Schlüsselroman)

Eines trostlosen Tages im Vorfrühling waltete ich meines Amtes als Flaneur und unternahm meinen täglichen Stärkungsgang durch einen der Stadtparks. Als ich dabei war, dessen Ödnis wieder zu verlassen, fiel mein Blick auf einen zarten Krokusstängel, der einen grauen Schneeflecken durchstoßen hatte. Von diesem trotzigen Akt der Selbstbehauptung neugierig gemacht, kniete ich nieder, um diesen unerschrockenen Herold kühler Regenschauer näher zu betrachten. Als ich neben ihm hockte, konnte ich die folgenden zarten, aber eilfertig vorgebrachten Worte hören:

»Heil dir, segensreiches Grün, Schöpferin der grasigen Venushügel, aus denen ich sprieße, die du den Moschusduft der lehmigen Erde liebkost! Ich will von dir singen, Persephones Dienerin, die du in ebendiesem Augenblick wie Loie Fuller tanzend die göttliche Prozession anführst, die aus den Tiefen der Unterwelt heraufsteigt und die schlafenden Kreaturen des Waldes mit ihren Schritten aus den Erdhöhlen treibt und den frostigen Boden mit ihren Frühlingsblüten erleuchtet. Die Farbe Grün braucht keine Hände, denn ihre millionenfachen Finger finden sich in allem, was wächst; sie setzen jede einzelne schlafende Knospe wie Juwelen in ihre Fassung. Der Anblick ihrer anmutigen Schattierungen besänftigt die kreischenden Käuze des Winters und lässt sie still werden, denn Grün bringt Seelenfrieden. Das Füllhorn des Grünen ist ein wohltätiger, warmer Quell, der die Welt erneuert!

Aphrodite, die Göttin der Liebe und der Schönheit, entsprang einem schaumigen Meer aus Grün, und die Kaiser im alten China wurden in unschätzbaren jadebesetzten Gewändern aus edelstem – ja – Grün begraben! Als Farbe des Lebens besitzt nur Grün einen Geruch und Geschmack; sie zu essen oder zu trinken heißt an ihrem Altar zu beten. Grün ist die Lunge des Lebens, aus deren Mitte königliches Blau und freudiges Gelb ihre herrlichen Duette anstimmen. Grün genießt es, als Nebendarsteller eine tragende Rolle innezuhaben, ohne sich in den Vordergrund zu spielen – allzu schal wäre doch der Ruhm einer grellbunten Blüte ohne den kühlen, beständigen Sockel des Grüns!

Die legendäre Ruhe, die Grün ausstrahlt, lindert jegliche Qual; sie besänftigt zahnende Säuglinge, mindert die Zahl der Selbstmorde auf Londons Blackfriars Bridge und steht dem Medicus bei. Und entgegen allen Verunglimpfungen durch Verschwörungstheoretiker ist die Farbe Grün nicht menschengemacht – auch wenn wir alle Kinder ihrer verschwenderischen Güte sind.

Oh, du verwirrendes Grün! Natürlich und künstlich! Tröstlich und unheilvoll! Heilig und pervers! Friede, Fruchtbarkeit, Eifersucht und Hass werden alle unter deinem mächtigen Mantel beherbergt – wie auch deine ansehnlichen Sprösslinge: Hellgrün, Gelbgrün, Grellgrün, Graugrün, Dunkelgrün, Blaugrün, Erbsengrün, Lindgrün, Moosgrün, Apfelgrün, Jägergrün, Beryllgrün, Pfauengrün, Minzgrün, Olivgrün, Smaragdgrün, Jadegrün, Lorbeergrün, Farngrün, Viridiangrün, Türkis und Aquamarin!

Alles im Namen von Grün genießt die Gunst des Himmels: feuchtes Gras, Blätter und sich windende Ranken; die See; die Jungfräulichkeit; das Haar von Aubrey Beardsley; Curry; Birnen; Kolibris; Lorbeerkränze; Neid; Zuckerschoten; Sittiche; Wildes berühmt-berüchtigte Nelken; Tee; Galle; Minzschokoladeneis; Paprikaschoten; Misteln; die Patina von Bronzestatuen; Laubheuschrecken; Whistlers Peacock Room; Schnittlauch; aphrodisische M&M's und die sagenhaften Shamrock Shakes zum St. Patrick's Day!«

Die lavendelfarbene Knospe wandte sich schließlich an mich: »Sieh, Sterblicher: Die Fliesen und Rinnen aus Stein, die dein Geschlecht in das Reich des Grünen geätzt hat, sind nichts als unflätige Torheiten; und der Tag wird kommen, an dem ein Löwenzahnheer sie mit seiner beharrlichen Neugier zu Kieselsteinen zermalmen wird; Grüns fleischliche Vereinigung mit der unerbittlichen Zeit ist die Gewähr dafür, dass eure Abscheulichkeiten nichts sein werden als ein millionenfach durchstochenes Blatt Papier! So geh nun hin, kränklicher Sohn des Kain, und mache dich bereit für die Rückkehr des Garten Eden, den du so schmählich mit Füßen getreten hast!«

Ich erhob mich, legte zwei Finger zum Gruße an meinen Hut und ging meines Wegs – mit einem frischgepflückten Krokus an meinem Revers.

DANKSAGUNG

Weil es ein ganzes Dorf braucht, um einen Whimsy großzuziehen

Whimsy küsst die folgenden Personen als Ausdruck seiner ewigen Dankbarkeit (manche etwas weniger keusch als andere): Benjamin Adams; Jeff Crawford; Rosemary Davidson; Mary Davis; Colin Dickerman; Alona Fryman; Yelena Gitlin; Bill Hawthorne; Karl Iagnemma bei MIT (für seine Gleichung der Selbstliebe); Gwen Jones; Douglas Little; Polly Napper; den geliebten O'Brien Clan; Bess Reed; Joe Regal; Molly Russakoff; Howard Sanders; Sam Sarkar und alle bei Infinitum Nihil; Lauren Schott; Matt Schwartz; den *Philadelphia Independent*; Peter Steinberg; Marlene Tungseth; und Greg Villepique.

Eine besondere Anerkennung gilt meiner geliebten Gattin, Susan, die getreulich mit gutem Rat zu eigentlich allem, was ich je zu Papier gebracht habe, zur Seite stand (Sympathiebekundungen können an meinen zuverlässigen Agenten und Knappen, Peter, gesandt werden).

Flammenpfeile jagen durch den Nachthimmel, um meine lieben Freunde zu grüßen, die mir ihre Freundlichkeit, Großzügigkeit, Einsichten, Kenntnisse und Unterstützung haben zuteil werden lassen. Ich freue mich auf Jahre peinlicher Momente mit euch allen.

Und natürlich möchte ich von Herzen meiner Familie danken, besonders meiner Mutter und meinem Vater, Victor und Phyllis Crawford (obwohl ich zugeben muss, dass die Wahrheit über meine Herkunft ein kleiner Schock für mich war).

Zu guter Letzt möchte ich für all die zahlreichen Dichter und Denker aus alten Zeiten ein Trankopfer darbringen – sie haben mich vielfältig inspiriert, und ich habe zu ihrer Musik hier nur ein kleines Tänzchen aufgeführt. Ich kann nur hoffen, dass dieses törichte Büchlein den Leser wiederum inspirieren wird, die großen Reichtümer zu durchforsten, die ebenjene zu unseren unruhigen Füßen zurückgelassen haben.

Finis

ADDENDUM

Eine rein zufällige, unvollständige Liste von Startpunkten, bei denen man seinen Niedergang beginnen könnte

MEHR DIESER INFORMATIONEN KANN MAN IN DEN VIRTUELLEN WELTEN VON WHIMSYS WEBSEITE UND TAGEBUCH SUCHEN UND FINDEN
www.lordwhimsy.com
www.lord-whimsy.livejournal.com

EINSTECKTÜCHER (FALTUNGEN)
www.lordwhimsy.com

FECHTEN
www.martinez-destreza.com
www.leonpaulusa.com
www.stahlaufstahl.de
www.fechten.org

FRANKLINIE
www.bartramsgarden.org/franklinia-in-bloom

HEMDEN (MASSGESCHNEIDERT)
www.16sur20.com
Simone Abbarchi
(Florenz, Italien): 055-210 552

HERRENAUSSTATTER (VON DER STANGE; MASSGESCHNEIDERT)
www.canali.it/en
www.duncanquinn.com
www.gievesandhawkes.com
www.lordwillys.com
www.refinery29.com
www.paulsmith.co.uk/uk-en/shop
www.richardjames.co.uk

HOCHRÄDER
www.thewheelmen.org
www.hiwheel.com

HÜTE
www.rodkeenannewyork.com
www.ellenchristine.com

KRÄGEN (ABNEHMBAR)
www.edeandravenscroft.co.uk
www.amazondrygoods.com
www.newandlingwood.com
www.luke-eyres.co.uk

KRÄGEN (SPEZIALISIERTE WÄSCHEREI)
www.french-handlaundry.com

KRAWATTENKNOTEN
www.lordwhimsy.com
www.krawattenknoten.org
Thomas Fink & Yong Mao: Die 85 Methoden, eine Krawatte zu binden (nur noch antiquarisch erhältlich)

KURIOSES UND ANTIKES
www.dlcompany.com
www.obscuraantiques.com

MANSCHETTENKNÖPFE
www.dill-buttons.com

PFAUENSPINNER (EIER; KOKONS)
www3.islandtelecom.com/~oehlkew

SCHIRME & GEHSTÖCKE
www.james-smith.co.uk
www. walkingsticks.uk.com

SCHNEIDER & INSIDERTIPPS
www.askandyaboutclothes.com
www.bownsbespoke.com
www.englishcut.com
www.thesartorialist.com

WEITERFÜHRENDE LITERATUR
www.lordwhimsy.com

Die Originalausgabe erschien 2006 unter dem Titel
The Affected Provincial's Companion
bei Bloomsbury Publishing USA,
a division of Bloomsbury Publishing Inc.

FSC
www.fsc.org
MIX
Papier aus verantwortungsvollen Quellen
FSC® C006701

1. Auflage 2013
ISBN 978-3-8493-0321-1

Einbandgestaltung: Meiré und Meiré, Köln
Satz: Harald Hohberger, Berlin
Gesetzt aus Adobe Garamond Premier Pro
Druck und Bindung: CPI – Ebner und Spiegel, Ulm
Printed in Germany

www.metrolit.de

Les enchanteurs de la Terre se dé
la « renaissance » du Moyen-Âge. (
à la fois réaliste et fantastique, où
moyenâgeux, témoignent de l'ambig
la quête de l'absolu.

On y rencontre Hélion, le chevali
à Jérusalem, prêt à tout pour acc
loup, enfant sauvage qui observe av
Loann ; l'Enchanteresse et sa fille Aidlinn, à la fois guérisseuses et magiciennes ; la vieille recluse emmurée vivante, par choix, dans son ermitage et libérée par la prière ; et, toutes les nuits, sur le coup de 23 heures, le spectre, fantôme tragique, qui s'élève au dessus de l'eau noire des marais.

Autant de destins pris dans leur solitude, qui s'entrecroisent dans la violence et l'amour. Le récit, bruissant de sonorités et de couleurs printanières, est porté par les voix de la nature et de la musique, l'appel des enchanteurs de la Terre.

Roseline Sultana Arnéodo, née à Marseille en 1959, est originaire de Poitiers où elle a passé sa jeunesse. Elle a fait des études, de la recherche et de l'enseignement dans divers pays du monde, de la France au Royaume-Uni, en passant par les États-Unis et la Nouvelle-Zélande.

Elle s'intéresse aux civilisations au-delà des barrières de l'espace et du temps. Elle enseigne le Français langue étrangère au lycée universitaire de Msida, dans l'île de Malte où elle habite depuis vingt-cinq ans. *Les enchanteurs de la Terre* est son premier roman.

ÉDITIONS DU PANTHEON

€ 18,00 TTC
ISBN 978-2-7547-1275-0
9 782754 712750

www.editions-pantheon.fr